LEURS PETITES VIES

Tatiana de Rosnay est une écrivaine franco-anglaise. On lui doit une vingtaine de livres, dont le best-seller international *Elle s'appelait Sarah*, paru en 2007. À l'instar de *Moka* et de *Boomerang*, nombre de ses ouvrages ont été adaptés au cinéma avec des castings prestigieux, et traduits en trente langues. *Manderley for ever*, sa biographie remarquée de Daphné du Maurier, parue en 2015, a elle aussi rencontré un grand succès. De sa passion pour les petites histoires dans les grandes est né *Poussière blonde* (Albin Michel, 2024). Elle vit à Paris avec sa famille.

Paru au Livre de Poche :

À L'ENCRE RUSSE
L'APPARTEMENT TÉMOIN
BOOMERANG
CAFÉ LOWENDAL ET AUTRES NOUVELLES
LE CŒUR D'UNE AUTRE
ELLE S'APPELAIT SARAH
MANDERLEY FOR EVER
LA MÉMOIRE DES MURS
MOKA
PARTITION AMOUREUSE
ROSE
SENTINELLE DE LA PLUIE
SON CARNET ROUGE
SPIRALES
LE VOISIN

TATIANA DE ROSNAY

Leurs petites vies

NOUVELLES

LE LIVRE DE POCHE

ISBN : 978-2-253-25132-3 – 1re publication LGF

SOMMAIRE

[illegible]

[illegible] n'était encore [illegible] devaient [illegible]. Un [illegible] au [illegible] de la nuit, le faisant [illegible] cher [illegible] des clients [illegible] elle, dans ce deux-pièces [illegible] qui donnait [illegible]. Son [illegible] au [illegible], ce qui faisait souvent [illegible] chez ses [illegible]. Elle cadrait les photographies puis [illegible] elle corrigeait l'exposition, intensifiait les couleurs, améliorait la netteté. Sur les portraits, il fallait gommer les imperfections

Leurs petites vies

« Chablis ! »

Le chat s'était encore échappé par la fenêtre ouverte : il devait se promener sur les toits, à observer les oiseaux, comme d'habitude. Alex vivait au dernier étage et c'était impossible de l'empêcher de prendre la poudre d'escampette ; Chablis revenait au beau milieu de la nuit, la faisant tressaillir lorsqu'il s'installait sur son lit. Elle passait ses journées face à son écran à retoucher des images pour des clients. Depuis le confinement, elle travaillait surtout de chez elle, dans ce deux-pièces baigné par le soleil qui donnait sur une grande cour intérieure. Son métier était retoucheur (ou retoucheuse au féminin, ce qui faisait souvent naître des sourires facétieux chez ses interlocuteurs). Elle rendait les photographies plus belles ; elle corrigeait l'exposition, intensifiait les couleurs, améliorait la netteté. Sur les portraits, il fallait gommer les imperfections de l'épiderme, lisser les cheveux qui dépassaient et parfois – et même assez souvent – faire disparaître les rides.

Alex était free-lance et ses clients étaient photographes de mode, publicitaires, architectes ou agents de personnalités. Son travail était apprécié, elle le savait, parce qu'elle travaillait sans dénaturer le cliché en respectant son aspect d'origine. Son travail était prenant : elle devait se concentrer, ne rien faire dans la précipitation, et surtout, honorer les délais fixés par ses clients. Il lui arrivait de retoucher une image la nuit entière pour ne pas être en retard.

Au début, Alex les avait à peine remarqués, car elle était absorbée par sa tâche. Et à vrai dire, ces personnes aux cheveux blanchis, d'un certain âge, qu'elle apercevait à travers la fenêtre de leur logement faisant face au sien dans la grande cour, ne l'intéressaient guère. Deux « vieux », ou deux « boomers », comme elle les avait surnommés, avec une pointe de provocation. Mais de temps en temps, lorsque son regard se perdait au-delà de son écran, elle ne pouvait s'empêcher de les voir : lui assis dans son fauteuil à lire un journal, lunettes sur le nez ; elle affairée à ses fourneaux ou au téléphone. C'était joli chez eux : une grande pièce claire, haute de plafond, certainement un ancien atelier d'artiste. Ils l'avaient aménagée avec goût, elle devait l'admettre : des livres partout, des meubles modernes, des plantes vertes et des tableaux aux coloris subtils. À la nuit tombée, l'éclairage était doux et apaisant.

Alex avait une vie sentimentale truffée de complications : soit elle tombait sur des types qui n'étaient pas libres, voire mariés, avec qui elle vivait des aventures d'un soir qui lui laissaient un goût d'amertume, soit elle avait affaire à des hommes rongés d'incertitudes, qui ne souhaitaient pas s'engager et qui ne la rappelaient jamais. À bientôt trente-cinq ans, elle vivait seule dans son deux-pièces, avec son chat, face à son ordinateur.

Son amie Julie venait régulièrement dîner. Julie, comme elle, n'avait pas trouvé l'âme sœur et enchaînait les histoires à travers des applications sur son téléphone, mais, contrairement à Alex, elle ne semblait pas souffrir de son célibat ; elle débordait d'énergie, sortait chaque soir, restait souriante et pleine d'humour. Souvent, elle secouait Alex, la forçait à quitter son domicile, l'emmenait au cinéma, découvrir des expositions, ou encore l'entraînait à des fêtes. Julie était petite, ronde et blonde : un contraste parfait avec Alex, longue liane qui frisait le mètre quatre-vingts et qui portait ses cheveux noirs très courts, comme un garçon.

« C'est joli, en face », dit Julie, en savourant la soupe maison de son amie.

Alex n'en pouvait plus de ces voisins ! Deux vieux qui se bécotaient à longueur de journée. Ils n'avaient pas autre chose à faire, quand même ? À leur âge, en plus !

« Arrête, on va croire que tu es jalouse, s'amusa Julie.

— Mais je suis jalouse, parfaitement ! » s'écria Alex, en faisant peur à Chablis, qui partit se réfugier sous le canapé.

Elle en avait assez d'être confrontée en permanence à ces tourtereaux alors qu'elle n'avait personne dans sa vie, d'être face à ces retraités énamourés devant leur télévision chaque soir, collés l'un à l'autre, main dans la main.

« D'ailleurs, regarde. »

Julie jeta un œil vers l'autre côté de la cour : le couple se tenait en effet la main face à leur écran, la lumière du téléviseur se reflétant sur leurs chevelures blanches. Alex lui expliqua que, pendant le confinement, son bureau avait été orienté différemment, contre le mur de sa chambre. Elle avait changé la disposition des meubles récemment, et elle avait ainsi découvert la vie de ses voisins.

« Insupportable. Qu'est-ce que j'ai fait pour mériter ça, bon sang ? »

Julie ne pouvait pas s'empêcher de rire, mais elle se garda bien de continuer à en parler ; elle savait à quel point son amie était susceptible à propos de cette solitude qu'elle vivait mal. Elle savait aussi qu'Alex ne voyait plus ses parents, que le couple soudé formé par ces derniers l'exaspérait. Oui, elle s'en doutait : Alex devait penser à ses propres parents en contemplant ses voisins ; ils affichaient la même complicité, la même tendresse, tout ce qui la mettait en rogne, tout ce qui la confrontait à ses échecs amoureux.

En ce moment, Alex travaillait sur une série d'images de forêt par un photographe reconnu dont elle admirait l'originalité. Diego Coste avait une façon bien à lui de mettre en scène la nature et on discernait à chaque fois sa patte. Elle passait beaucoup de temps sur chaque cliché, sur les délicates nervures des feuilles, des gouttes de rosée, se donnant du mal, se couchant tard pour se lever tôt le lendemain et s'y remettre. Les délais étaient courts.

Alex les avait appelés « Monique » et « Roger ». Désormais, elle savait tout de leur emploi du temps. Ils se levaient de bonne heure, eux aussi. Ils portaient des peignoirs bleus, assis devant leur grande table ; ils se parlaient en se souriant comme s'ils avaient encore tant de choses à se dire. Monique avait dû être jolie, quand elle était jeune. Elle avait d'épais cheveux au carré et un visage harmonieux. Roger lui, était rondouillard et affublé de grosses lunettes. À midi, ils préparaient le déjeuner, côte à côte, avec leurs hideux tabliers assortis. Des légumes, des soupes, des gratins, du poulet. Des gâteaux, des mousses, des cakes. Toujours avec le sourire. Alex avait l'impression qu'ils ne se disputaient jamais. Elle avait affaire à un couple idéal. Celui qu'on imagine dans les rêves. Et ils étaient là, devant chez elle, tous les jours, comme une pièce de théâtre qui n'en finissait pas.

Elle n'en pouvait plus de leur petite vie, d'être aux premières loges, alors qu'elle se noyait dans son propre isolement. C'était à la nuit tombée que c'était pire. La haute pièce était baignée d'une lumière tamisée, chaleureuse ; quelques bougies luisaient. Roger faisait tourner un vinyle sur sa platine. Il adorait visiblement Stevie Wonder et se mettait à danser. Parfois, il entraînait Monique, la plaquait contre lui en l'embrassant dans le cou. Alex ne pouvait détacher ses yeux. Ils n'avaient pas honte, franchement ? Ils se donnaient en spectacle. Elle avait envie de tirer les rideaux, ce qu'elle fit, un soir, rageusement. Mais elle se rendit compte qu'elle avait besoin de les voir. C'était plus fort qu'elle. Elle ouvrit à nouveau les stores.

Monique et Roger recevaient souvent. Des amis, de la famille : ça n'arrêtait pas, un défilé d'embrassades et de gaieté. Autour de la grande table, ça bavardait jusqu'à tard dans la nuit. Que pouvaient-ils bien se raconter ? La conversation semblait passionnante. De temps en temps, Monique se levait pour offrir une tisane ou un chocolat. Quand elle passait derrière ses amis, sa famille, elle leur mettait une main affectueuse sur l'épaule.

À un moment, le couple partit en vacances. Leur fenêtre resta sombre pendant une semaine. Et Alex avait dû se rendre compte, avec une certaine amertume, que de regarder chez eux était devenu comme un repère dans sa solitude : un phare dans sa nuit. Les observer dans leur univers chaleureux et douillet faisait naître autre chose qu'une jalousie primaire. Ils la réconfortaient avec cette ambiance de douceur et de bonheur qui régnait chez eux.

Alex devait faire un effort pour se remettre au travail sur les photos de Diego Coste. Elle avait accumulé du retard à force d'épier ses voisins. Oui, c'était ce qu'elle faisait : elle les épiait. C'était comme une drogue. Impossible de s'arrêter.

Elle reçut un matin un courriel de la part de Diego Coste : il souhaitait la voir pour échanger avec elle sur les images. Elle se sentit nerveuse. Non seulement elle admirait l'artiste, mais l'homme lui plaisait. Elle l'avait rencontré plusieurs fois lors de vernissages ou de réunions de travail. Elle accepta de le rejoindre chez son agent, en prenant avec elle son ordinateur portable. Lorsqu'ils se trouvèrent côte à côte, à étudier les photos sur l'écran, à plusieurs reprises ils se frôlèrent. Tout en lui la troublait : son odeur de cuir et d'agrume, sa peau dorée, ses prunelles noires. Quelle était sa vie ? Elle n'en savait pas grand-chose. Il avait été reporter de guerre pendant une dizaine d'années, avant de se consacrer à la nature. Sur les réseaux sociaux, il ne postait que des images relatives à son travail. Rien de personnel.

Diego semblait satisfait des retouches d'Alex. Il trouvait qu'elle avait surtout réussi les subtils filets des feuilles et la nacre de la rosée. Il lui proposa de fêter le succès de la jeune femme dans un bar du quartier où il avait ses habitudes. Tout le monde semblait le connaître, mais, lui, il ne regardait qu'Alex. Elle se sentait flottante, grisée. Elle accepta du vin blanc, des tapas, et la soirée défila, joyeuse, agréable. Il lui raconta ses voyages et elle l'écoutait, fascinée, les yeux rivés à sa bouche sensuelle. Elle avait bu un peu trop. Cela lui arrivait, de temps en temps. Elle aimait l'exaltation que lui procurait l'alcool, elle se sentait désirable, toute-puissante. Oui, elle se doutait de comment la nuit allait se dérouler. Et pourquoi pas ? Il était charmant, ce type, et il lui plaisait. Dans un nuage d'euphorie, elle le suivit chez lui, à son pied-à-terre parisien.

Bruit de la serrure dans la porte. Baiser vorace dès l'entrée. Il rigolait, elle aussi. Comme c'était bon. Envol des vêtements. Abandon des chaussures. Chute sur le grand lit accueillant. Fièvre de sentir ses mains sur elle, sa bouche sur elle. Ses doigts à elle dans la tignasse brune. Frissons des ébats. Chaleur dans son corps. Chorégraphies nocturnes. Caresses fiévreuses. Draps froissés. Puis le sommeil qui la cueille comme une grande ombre muette.

Le réveil fut moins drôle. Gueule de bois, visage fripé, gorge asséchée. Il était parti. Il avait laissé un mot gentil. Il y avait du café à réchauffer et un croissant frais. Il avait dû filer à une prise de vue. Il l'embrassait tendrement et la remerciait pour cette « nuit magique ». Elle n'avait qu'à claquer la porte, la femme de ménage serait bientôt là.

Alex se leva à toute vitesse. Pas envie de croiser qui que ce soit. Elle se prépara un café, dévora le croissant, prit une douche rapide. Elle se sentait bien ici, tout en admirant des photographies de l'artiste en évidence sur les murs. Elle reviendrait souvent, elle en était certaine, retrouver cet amant fougueux. Elle aurait sa propre brosse à dents à côté de la sienne ; elle laisserait quelques affaires. Elle s'y voyait déjà. « Nuit magique. » C'était exactement ça. Elle avait un homme « bien » dans sa vie.

Un homme avec qui elle pourrait construire une vraie histoire. Enfin !

Julie l'avait mise en garde : il ne fallait pas qu'elle s'imagine des choses fausses. Mais Alex, triomphante, lui lisait les SMS tendres que lui envoyait Diego, jour après jour. Il l'appelait « mon chat ». N'était-ce pas adorable ?

« Adorable. Et tu le revois quand ? demanda Julie.

— Il m'a promis de venir dîner. Il est parti en reportage. Il rentre bientôt. »

Alex n'avoua pas à Julie qu'au fil du temps, les SMS s'étaient taris. Elle mettait cela sur le compte d'une surcharge de travail, d'un décalage horaire. Elle se sentait forte. Ils se reverraient, c'était écrit. « Nuit magique. » Même la vision de Monique et de Roger et de leur bonheur béat ne lui faisait plus rien. Elle avait répondu au signe amical que lui fit Monique un matin, de l'autre côté de la cour. Non, elle ne craignait plus rien, car elle n'était plus seule. Diego. Diego ! Elle avait envie de chanter son prénom, de le hurler. Elle n'écoutait pas la voix intérieure qui lui soufflait qu'elle s'était emballée, qu'elle ne reverrait peut-être pas cet homme. Elle s'accrochait à chaque instant de cette soirée féerique qu'elle enjolivait sans cesse, en la rejouant dans sa mémoire, inlassablement.

Le temps filait. Diego ne réagissait plus à ses messages. Elle commença à s'inquiéter. *Ne lui écris pas !* soufflait la voix intérieure. Tant pis. Elle écrivait. *N'envoie pas des SMS aussi longs !* Peine perdue : elle lui racontait sa vie. Son envie de le revoir. Son attente. Sa passion. Il avait fini par lui répondre de façon succincte : *OK pour dîner avec toi vendredi soir. Bisous.* Elle jubilait. Elle téléphona à Julie, triomphante. Diego allait venir dîner chez elle !

« Nuit magique » en vue. Elle récura son modeste appartement de fond en comble. Terrorisé par le feulement de l'aspirateur passé dans les moindres recoins, Chablis s'était caché sous le canapé. En face, Monique faisait le ménage également. Elles se firent des petits signes. Eh oui, Alex avait de la compagnie ! Il n'y avait pas que Monique et Roger qui savaient recevoir. Alex mettait les petits plats dans les grands et passa sa journée aux fourneaux. Comme Monique. Les retouches photo en cours ? Elle s'en occuperait plus tard. Aucune inquiétude. La priorité, c'était Diego.

Il y avait tant de choses à faire et si peu de temps. Sa tenue. Sa coiffure. Son maquillage. Mettre des draps propres. Allumer les bougies. Surveiller la cuisson des plats dans sa cuisine exiguë. Un potage de légumes, du poulet au curry avec du riz basmati, et un gâteau au chocolat. Le tout fait de ses blanches mains. Elle proposerait du champagne et du vin. Elle connaissait peu les goûts de Diego. Ce n'était pas bien grave, elle les découvrirait petit à petit.

La nuit tombait. Alex avait enfilé une robe en velours rouge sombre, des escarpins qui claquaient sur le parquet. Elle vérifia son téléphone. Il avait dit qu'il serait là vers vingt heures trente. Encore un peu d'attente. Choix de la musique et de l'éclairage : Billie Eilish et lumières baissées. Elle se plaça face à la fenêtre avec Chablis dans ses bras. Elle se sentait belle. Audacieuse. Son reflet lui plaisait. Elle avait l'impression que les deux « boomers » la regardaient, épatés et admiratifs. Et toc, leur voisine avait bien un rendez-vous galant. Avec un beau gars. Ils en étaient bouche bée, pas vrai ? Le chat ronronnait contre elle. Tout irait bien. Ce soir, le vide de sa vie se remplirait ; Diego ferait entrer sa magie ici. Elle n'avait qu'à patienter.

À force de rêvasser, d'imaginer leurs étreintes, d'en vibrer d'avance, elle ne voyait pas le temps passer. Avec un sursaut, elle comprit qu'il n'y avait aucun signe de Diego. Avait-il bien le code ? Elle le lui renvoya avec des doigts fébriles. Peut-être était-il pris dans des embouteillages ? Une séance de prise de vue qui s'éternisait ?

Il n'arrivait toujours pas. Un poids s'installa sur sa poitrine. Impossible de le chasser. Elle se mit à tourner en rond, les bras croisés. Avait-il eu un empêchement ? Ou pire, un accident ? Les bougies vacillaient. Le repas se desséchait dans le four. Les minutes s'écoulaient, interminables. En face, Monique et Roger avaient fini de dîner. Ils rangeaient la vaisselle, gais comme des pinsons. Elle les observa avec une haine qui la surprit. Elle avait envie de faire un carnage. Elle n'arrivait plus à respirer normalement. Son cœur cognait fort.

Deux heures de retard et toujours pas de nouvelles. Alex fixait le portable, laissé sur la table si joliment dressée. Aucun appel. Aucun SMS. Elle le saisit, composa le numéro de Diego. Elle tomba sur le répondeur. Elle ne laissa pas de message. Elle entendait d'ici la voix de Julie. Oui, Julie avait eu raison : Alex s'était fait un film. Elle avait été d'une naïveté consternante. Elle était tombée dans le panneau, une fois de plus. Des larmes commencèrent à couler. Son maquillage, qu'elle avait appliqué avec tant de soin, était fichu. Tout était fichu. Elle s'écroula sur le canapé en sanglotant.

Le portable émit une alerte. Un SMS ! Elle se leva, chancelante. C'était lui.

Problème de dernière minute. Impossible de venir. Désolé, vraiment. Bisous.

Alex projeta le portable de l'autre côté de la pièce. *Bisous*. Non, mais pour qui se prenait-il ? Quel goujat ! Elle le haïssait. Elle le détestait. Elle ne voulait plus entendre parler de lui. Elle ne prononcerait plus son nom. Tout ça, elle le hurla à voix haute, en agitant ses bras, ses mains, en secouant la tête, comme si elle avait perdu la raison.

Avec effroi, elle constata que Monique et Roger ne perdaient rien de ce qui se passait chez elle. Ils étaient au spectacle, comme elle l'avait été, tant de fois. Ils voyaient tout d'elle ; ils savaient tout de son statut d'éternelle célibataire. Ce soir, ils avaient assisté à cette atroce attente, à cette lamentable débandade. Ils devaient être consternés, hilares, gênés. Ou peut-être avaient-ils eu pitié d'elle ? C'était encore pire.

D'un geste rapide, elle ferma les stores. Adieu Monique, Roger, leur union parfaite et agaçante. Il ne lui restait plus qu'à ranger, à éteindre les bougies, à se démaquiller, à se déshabiller, et à aller se coucher. En larmes.

Le lendemain, elle n'ouvrit pas les stores. Elle effaça le numéro de Diego de son répertoire. Elle se jeta dans le travail, rattrapa son retard. Julie téléphona, mais elle rejeta ses appels. Pendant deux jours, elle se calfeutra chez elle à reprendre les images, encore et encore. Elle se fit livrer des courses, elle resta dans la pénombre, elle ne répondit pas aux SMS.

Lorsqu'elle ouvrit enfin les rideaux, le soleil l'aveugla, mais elle se sentait mieux, comme si elle se réveillait après un long cauchemar. Monique et Roger semblaient la guetter : ils levèrent la main en chœur en l'apercevant. On aurait dit qu'ils étaient soulagés de la voir. Elle soupira. Ça commençait à bien faire, ces deux-là. Elle décida de les ignorer.

Elle répondit enfin à l'appel de Julie, qui s'inquiétait également.

« Il n'est pas venu, c'est ça ?

— C'est ça.

— Le connard. »

Alex éclata de rire, mais c'était un rire teinté d'amertume :

« Oui. Un parfait connard. »

Vers midi, elle se prépara un déjeuner rapide, caressa Chablis en savourant un thé. Elle avait encore du travail pour le reste de l'après-midi. Elle sortirait plus tard. Son regard s'arrêta sur la grande fenêtre d'en face. Elle essayait de faire comme s'ils n'étaient pas là. De toute manière, elle connaissait leur emploi du temps par cœur. Après le repas et le café, ils partaient faire les courses et leur marche. Ils étaient assez actifs, pour des « seniors ». Roger aidait Monique à mettre son manteau ; elle l'embrassait sur le bout du nez. Ridicule. Pathétique.

Mais ce jour-là, Monique laissa Roger seul. Alex se demanda pourquoi. Roger était en robe de chambre, elle ne l'avait pas remarqué. Sans doute était-il souffrant. Ça ne la regardait pas. Et s'il osait lui faire un « coucou », elle fermerait les stores. Roger était allongé sur le canapé, à lire son journal. Alex se focalisa sur le visage qu'elle retouchait petit à petit, sur l'écran. Parfois, elle avait l'impression d'avoir une baguette magique : les traits étaient lissés, sublimés.

Un mouvement vif capta son attention au-delà de l'écran. C'était Roger. Il faisait de drôles de sauts de carpe sur le canapé. Un nouvel exercice ? Alex suivait distraitement les brusques détentes de son corps jusqu'au moment où elle constata avec horreur que les joues de Roger étaient presque mauves, qu'il semblait étouffer, se tenant la poitrine, les yeux exorbités.

Glacée, Alex se figea. Elle ne savait pas quoi faire. Elle se sentait impuissante. Elle ne voyait plus que le blanc des yeux révulsés de Roger : il ahanait, la bouche grande ouverte, puis il s'effondra en tombant en arrière.

La main d'Alex attrapa son portable, composa le 15. C'était comme si elle était en pilote automatique : une partie d'elle regardait la scène, tétanisée, incapable de bouger, puis une autre partie parlait au SAMU d'une voix étonnamment calme. Elle s'appelait Alex B. Elle habitait au 5, rue du V., mais ce n'était pas pour elle qu'elle les contactait. C'était pour son voisin d'en face, au dernier étage. Non, elle ne se trouvait pas avec lui. Elle avait tout vu par la fenêtre. Non, elle ne connaissait pas son nom. Son immeuble donnait dans la rue adjacente, la rue A. Ce devait être au 4 ou au 6. Non, elle n'avait pas le code.

Il fallait faire vite ! Sa femme était sortie faire les courses. Un monsieur d'un certain âge. Un infarctus, sans doute. Il était devenu bleu. Il avait perdu connaissance. Elle avait tout vu.

Elle se rendit compte qu'elle pleurait, qu'elle n'arrivait plus à respirer. La personne qu'elle avait à l'autre bout du fil la calma. Les équipes du SAMU étaient en route, les pompiers aussi. Ils allaient bientôt arriver. Il raccrocha.

Quelques instants plus tard, Alex entendit le hurlement des sirènes. Pétrifiée, elle suivit tout ce qui se passa en face, Chablis dans ses bras. Elle vit une femme, certainement la gardienne, faire rentrer les pompiers casqués, puis les médecins du SAMU qui embarquèrent Roger, dissimulé derrière une masse de tuyaux, sondes et perfusions. Allaient-ils réussir à le sauver ? Elle n'en savait rien. L'appartement resta vide la journée entière. Monique avait dû être prévenue.

Alex pleurait, le nez fourré dans le pelage du chat. Elle ne parvenait pas à chasser de son esprit le corps renversé en arrière, la main crispée sur la poitrine. Pourquoi cet épisode la touchait-il autant ? Elle se sentait épouvantée par la fragilité de la vie. Elle se dit qu'elle ne supporterait pas la vision de Monique toute seule, jour après jour.

Pour la première fois depuis longtemps, elle pensa à ses parents. À ces ponts qu'elle avait elle-même coupés. À leur éloignement, par sa faute. Elle ne se souvenait même plus de la dernière fois qu'elle les avait vus. Ils lui manquaient. Ce soir, plus que jamais.

L'appartement de Monique et Roger demeura plongé dans le noir. Monique avait dû aller chez un de leurs enfants. Ou peut-être était-elle à l'hôpital ? Roger était-il encore en vie ?

Vers vingt-deux heures, on sonna à sa porte. Elle se figea. Elle n'attendait personne. Surtout pas à cette heure-ci. À travers l'œilleton, elle reconnut la chevelure ivoire de Monique.

Elle ouvrit.

« Vous êtes Alex B. ? Le SAMU m'a donné votre nom.

— Je vous en prie, madame, entrez.

— Merci. Je m'appelle Valentine V. »

Alex la laissa passer.

« Je voulais vous remercier. »

Le visage de Valentine était marqué par la fatigue et l'angoisse. Alex n'osa pas lui demander des nouvelles de son mari.

« Les médecins m'ont dit que vous aviez appelé les secours. »

Valentine regarda vers la fenêtre.

« Vous avez vu la crise cardiaque.

— Oui », bredouilla Alex.

Elle se préparait à ce que sa voisine lui annonce la mort de son mari.

Mais Valentine souriait. Elle avait des yeux noisette d'une grande douceur. Elle posa la main sur la manche de la jeune femme.

« Vous lui avez sauvé la vie. Pierre aura quelques séquelles, il restera un certain temps à l'hôpital, mais sans vous, il… »

Elle ne termina pas sa phrase.

Alex sentit soulagement et joie la parcourir.

« Je suis très heureuse pour vous, pour lui », balbutia-t-elle.

Valentine et Pierre. Maintenant elle connaissait leurs noms.

« Est-ce que je peux vous offrir quelque chose à boire, à manger ?

— Vous êtes gentille. Merci. Mais je vais rentrer. Ma fille est là, avec mon petit-fils. Ça va aller. »

Elles se dirent au revoir.

« À bientôt », dit Valentine.

De l'autre côté de la cour, Alex vit les lumières réconfortantes s'allumer à nouveau, les silhouettes s'activer à préparer un repas.

Vous lui avez sauvé la vie. Cette phrase résonnait dans ses oreilles. À quoi ça tenait, la vie, finalement ? À un coup de fil ?

Elle prit son portable, chercha un contact dans son répertoire. Un numéro qu'elle n'avait pas appelé depuis longtemps. Trop longtemps.

« Allô, Alex ? »

La voix familière semblait inquiète.

« Tout va bien ma chérie ? »

Alex répondit aux signes que lui faisaient Valentine et sa famille derrière la grande fenêtre.

« Oui, répondit-elle. Tout va bien. Et toi ? Et papa ? On se voit quand, maman ? »

Zola outre-Manche

Ce lundi 18 juillet 1898, gare du Nord à Paris, un voyageur vêtu d'un costume gris clair, coiffé d'un chapeau melon blanc, prend place à bord du Calais-Express de vingt et une heures. Nous l'observons à son insu. Seul dans ce compartiment de première classe, le quinquagénaire barbu, hébété, regarde défiler les plaines picardes. Posé sur ses genoux, le journal du soir, roulé, dissimule une chemise de nuit. Plus tard, embarqué sur le navire qui vogue vers Douvres, le passager mystérieux frissonne dans le vent nocturne : il n'a rien sur lui, ni manteau ni vêtement de rechange. La nuit s'installe, et il ne dort toujours pas.

Au petit matin, à Victoria Station à Londres, tombe un léger crachin. Le fugitif aux traits tirés, aux habits fripés, hèle un fiacre. *Grosvenor Hotel !* Un accent français à couper au couteau. Le cocher lui précise en anglais qu'il irait plus vite à pied : c'est à deux pas, mais le voyageur entêté, qui ne maîtrise pas la langue de Shakespeare, insiste. Cent mètres plus loin, il est déposé devant l'hôtel par le cocher goguenard.

Sur le registre, il signe : « *M. Pascal* ». Nous le suivons chez un tailleur de Park Lane. Impossible pour lui de se faire comprendre par les vendeurs : exaspéré, il mime avec force gestes un pantalon, une chemise, des chaussettes. Pour calmer ses nerfs, « M. Pascal » fait ensuite un tour à pied, trouve Buckingham Palace lugubre, Londres laide et tentaculaire.

Notre touriste inconnu ne fait pas long feu dans la capitale. Des alliés viennent le chercher ; c'est dangereux de s'attarder là, paraît-il. Nous les escortons discrètement tandis qu'ils franchissent la banlieue sud. Notre étranger à bésicles ne se prive pas de dire à quel point il trouve les lieux hideux, sans oublier l'affligeante monotonie de ces petites maisons toutes semblables.

Le voilà camouflé dans un nouvel hôtel du Surrey sous le nom, cette fois, de « Beauchamp ». Pas longtemps. Début août, nous assistons à des retrouvailles extraordinaires. Elles se déroulent dans une maison que ses protecteurs ont dénichée pour lui en rase campagne. Nous découvrons une grande jeune femme brune (qui ne porte pas d'alliance) et deux enfants (une fille et un garçon), portraits crachés de notre clandestin. Pendant six semaines d'un été caniculaire, ils goûtent un bonheur fou : vivre ensemble, sous le même toit. Pour la première fois.

Notre exilé s'est mis à écrire. Cinq pages par jour. Et lorsque sa petite famille repart à Paris début octobre, il continue. Il est logé à présent en banlieue sud, à Upper Norwood, au Queen's Hotel, en tant que « M. Richard ».

La nourriture anglaise est à ses yeux infecte – légumes bouillis à l'eau, viande mal cuite, pain à la consistance d'éponge, immondes tartes aux pommes –, et nous remarquons qu'il s'en plaint continuellement dans ses lettres. Il peste aussi contre les fenêtres à guillotine, qui laissent filtrer les courants d'air, et du manque de volets.

Juste avant Noël, une dame replète de son âge vient passer un mois. Nous en déduisons qu'il s'agit de son épouse. Cela lui remonte (un peu) le moral. Mais la dame a la santé fragile : elle prend froid, attrape une bronchite et repart.

Notre expatrié semble si seul. Il ne prononce pas plus de trois mots par jour. Cloîtré, il reçoit peu de visites. Il se lève à huit heures, se couche à vingt-deux. Chaque matin, il écrit religieusement. Il lit *La Chartreuse de Parme* qu'on lui apporte. Muni d'un dictionnaire, il tente de déchiffrer la presse anglaise. On lui trouve un vélo, et il fait le tour du quartier tous les après-midi avec un appareil photo qu'il manie avec expertise.

À l'heure du thé arrivent courrier et journaux en provenance de France. En cas de tempête, les bateaux restent à quai et les missives sont retardées, ce qui le désespère. Nous le regardons se jeter sur ces enveloppes qui viennent de Paris. La nouvelle de la mort de son petit chien l'affecte : il semble inconsolable.

Le temps s'écoule avec lenteur. Notre confiné, qui fête ses cinquante-neuf ans le 2 avril 1899, maudit ces mornes dimanches anglais où il ne se passe rien ; l'abominable météo, la pluie, le vent, la boue. Seul le château de Windsor et ses arbres magnifiques trouvent grâce à ses yeux, mais il apprécie aussi la sveltesse des Anglaises juchées sur leurs bicyclettes. Avec impatience, il guette l'arrivée du printemps.

Jour après jour, nous le voyons osciller entre espoir et abattement. Onze mois tout de même qu'il dépérit là, séquestré, livré à lui-même. Tout ça, paraît-il, pour avoir défendu l'honneur d'un homme.

Le dimanche 4 juin 1899, ses alliés organisent enfin son retour à Paris. Tous pensent, à tort, que c'est fini. Que les ennemis se tiendront enfin tranquilles. Qu'il ne risque plus rien. Qu'il est tiré d'affaire.

Mais notre cœur se serre tandis qu'il fait ses adieux du train qui s'éloigne de Victoria Station. Car nous sommes les seuls à savoir qu'il ne reste plus que trois ans de vie à Émile Zola.

[illegible]

[illegible] biographie par Henri Troyat, [illegible] celle de ton épouse, excellente, par Evelyne Bloch-Dano [illegible] mes lectures [illegible] ces portraits sinistres de ton [illegible], cette barbichette. (D'ailleurs, je n'ai à ce jour pas déniché une seule photo où tu souris. J'ai compris, c'était la mode à l'époque : on ne souriait jamais lorsqu'on posait. Et je sais bien que tu n'as rien d'un bonhomme lugubre.)

Ta vie se lit comme un roman : ton enfance marquée par la mort prématurée

Thérèse et Madeleine, sœurs d'effroi

Très cher Émile,

Pardonne-moi de te tutoyer d'emblée, mais j'ai passé tant de moments délicieux à te lire que j'ai l'impression de te connaître, de te connaître très bien, d'ailleurs. Il y a trois ans, j'ai voyagé tout un été avec toi, à l'ombre de mon grand tilleul en Provence : j'ai commencé par relire ta riche biographie par Henri Troyat, puis celle de ton épouse, excellente, par Évelyne Bloch-Dano. Sur Instagram, j'exhortais mes followers à ne pas être découragés par ces portraits sinistres de toi : cette bouche pincée, cette barbichette. (D'ailleurs, je n'ai à ce jour pas déniché une seule photo où tu souris. J'ai compris, c'était la mode à l'époque : on ne souriait jamais lorsqu'on posait. Et je sais bien que tu n'as rien d'un bonhomme lugubre.)

Ta vie se lit comme un roman : ton enfance marquée par la mort prématurée d'un père ingénieur né à Venise, ta jeunesse à Aix-en-Provence, tes débuts pénibles à Paris dans l'édition ; ton mariage, puis, plus tard, ta singulière double vie ; l'uppercut de ton premier roman, *Thérèse Raquin* et les Rougon-Macquart, inoubliable et puissante saga d'une famille ébranlée par la fatalité et la génétique. Ton succès, ta renommée, ta maison à Médan, l'affaire Dreyfus, et ta mort dramatique.

Je t'ai découvert avec *L'Assommoir*. J'avais quatorze ans. Notre professeure nous avait expliqué que *L'Assommoir* était le septième livre de ta série des Rougon-Macquart et qu'en 1877, à sa publication, il fit un tel scandale que tout le monde se l'arracha. Nous avions ricané devant les critiques de l'époque : « vulgaire », « immonde », « abject », « ennuyeux comme la pluie » ; ton texte fut même traité de « pornographie puante ».

L'héroïne du livre s'appelle Gervaise Macquart et je m'étais tout de suite attachée à elle. Elle est blanchisseuse, jeune, fraîche et blonde, mais sa destinée allait se dévoiler comme étant particulièrement tragique : d'ailleurs, la classe était prévenue, ce livre n'était ni facile, ni joyeux. Tout le monde avait soupiré. L'enseignante s'était proposé de lire à voix haute un passage emblématique, un de ses préférés. Nous nous attendions à un quart d'heure d'ennui, mais dès les premières lignes, saisis, nous nous étions redressés.

— *Chameau, va ! cria la grande Virginie.*
— *Salope ! Salope ! Salope ! hurla Gervaise, reprise par un tremblement furieux.*

Nous assistions à une bataille dans un lavoir entre la blonde Gervaise et la brune Virginie : une lutte d'une violence effroyable qui nous expédie à la Goutte d'Or, au grand lavoir humide devant deux harpies qui s'étripent jusqu'au sang. Et dans une scène ahurissante que nous écoutions, avec terreur et fascination, ce fut Gervaise qui en sortit victorieuse, après avoir déculotté sa fielleuse rivale pour lui infliger une mémorable fessée.

Pour moi, ce jour-là, demeure l'origine de ma passion pour toi. Rien que ça. Et puis, le choc de *Thérèse Raquin* que j'ai dévoré peu de temps après. Thérèse est brune et calme et, contrairement à Gervaise, elle n'a rien d'attachant. Elle est flegmatique, imperturbable, plutôt froide. Tu as écrit : « *Dans* Thérèse Raquin*, j'ai voulu étudier des tempéraments et non des caractères. Là* *est le livre entier. J'ai choisi des personnages souverainement dominés par leurs nerfs et leur sang, dépourvus de libre arbitre, entraînés à chaque acte de leur vie par les fatalités de leur chair. Thérèse et Laurent sont des brutes humaines, rien de plus.* »

Quel programme, Émile ! Impossible de me lasser de ce livre terrible, ton premier, qui happe dès le début. Ah ! Cette mercerie obscure, humide, oubliée au fond d'un passage parisien près de la rue de Seine, là où le profil d'une jeune femme morne apparaît derrière la vitrine, les rares jours de soleil. Au cœur de cette échoppe étriquée, voici Thérèse et son regard détaché, et voici l'aimable Mme Raquin, sa belle-mère, tout en rondeurs ; et puis le mari de la jeune femme, l'insignifiant et malingre rejeton couvé de la mercière. Et un jour, débarque Laurent, l'ami d'enfance du mari de Thérèse, croisé un matin, et invité le soir même. Impossible d'oublier la manière dont tu as croqué ce jeune homme charnu et robuste, ses grosses mains, sa grosse bouche, son animalité, et les yeux de Thérèse hypnotisés par l'étalage de cette éclatante virilité. La tragédie n'est plus bien loin désormais : la funeste spirale de l'infidélité qui s'enclenche lors de la fugacité brutale de cette première étreinte entre Thérèse et Laurent à même le tapis, derrière le dos du mari et de la belle-mère, pourtant dans la pièce d'à côté. Le final de *Thérèse Raquin* ? Un coup de poing qu'on éprouve pantelant, le souffle court, car tu n'as rien épargné à tes lecteurs dans l'ultime paragraphe à l'ambiance suffocante et sordide. Quant à la fameuse scène de la morgue, d'un « gore » absolu, devenue culte, elle ne cesse de fasciner. Pour ce couple maudit, tout se joue à huis clos dans la petite boutique noiraude : la concupiscence, le crime, la lâcheté, la dissimulation, la folie obsessionnelle, l'effondrement.

Avec *Thérèse Raquin*, on peut dire que tu as réussi ton coup. Tu es devenu une figure incontournable du monde des lettres. On parle de toi, enfin, même si on se pince le nez ! Plus tu es conspué, plus tu te réjouis. Plus les critiques sont violentes, plus tu te frottes les mains. Cette levée de boucliers te stimule au lieu de t'affliger. Le roman se vend. Ton nom circule. Ton éditeur réimprime. Mais tu ne roules pas sur l'or, et depuis plusieurs années déjà, tu déchantes.

En 1868, juste après la parution de *Thérèse Raquin*, tu as vingt-huit ans et encore du mal à joindre les deux bouts. Tu écris bien quelques piges pour des journaux, mais le loyer reste toujours aussi difficile à payer. Tu as ta mère et ta compagne à ta charge. Je regarde les photographies de toi à l'époque : même avec ta barbe brune, tu conserves les rondeurs de l'enfance, un côté pataud et provincial qui doit te faire enrager. Tu n'as pas encore fait ton « trou » à Paris, même si tu y es né. Ton long séjour en Provence t'empêche d'accéder au statut si convoité de véritable Parisien, et tes oreilles résonnent encore des railleries de tes camarades de classe au lycée Saint-Louis qui t'avaient surnommé « Gorgonzola ».

Tu as encore déménagé, et tu vis avec Mme Zola (mère) et Alexandrine rue Truffaut, dans le quartier des Batignolles, auquel tu restes fidèle. C'est un petit pavillon avec jardin. Il faut bien couvrir les frais, donc, tu te mets à griffonner un feuilleton, inspiré d'une pièce écrite trois ans auparavant. Et voilà que la blonde Madeleine fait son apparition dans le sillage de sa grande sœur brune, Thérèse. « Une mauvaise resucée » de Thérèse Raquin, s'agace ton biographe Henri Troyat.

C'est mal parti. Dès sa parution en 1869, ton feuilleton froisse la sensibilité de tes lecteurs. Madeleine restera dans l'ombre de Thérèse, sans jamais en sortir. Personne ne semble apprécier ce triangle perturbé et dérangeant composé d'une femme et de deux hommes. Le roman passe inaperçu et ne trouve pas son public. Épuisé, il devient introuvable, jamais réédité, peu cité par tes biographes. Déconsidéré. Inférieur à *Thérèse Raquin*... Une œuvre mineure...

Madeleine Férat est vite oubliée, gobée de surcroît par le chambardement de la Commune.

Difficile de la dénicher, ta Madeleine ! C'est comme si elle n'avait jamais existé. Je mets enfin la main dessus dans une brocante, un peu par hasard : c'est une édition « vintage » du Livre de Poche, qui date des années 1960.

Madeleine est vite captivante (ce qui n'est jamais le cas de Thérèse, plutôt patibulaire). On ne peut s'empêcher d'avoir le cœur serré face au destin de cette orpheline qui s'enfuit en pleine nuit pour ne plus subir les avances d'un oncle libidineux. Rue Soufflot, un étudiant la prend sous son aile, et pendant un an, elle vit une liaison légère et sensuelle avec lui ; elle ne se pose aucune question, se laisse porter. Lorsque Jacques lui annonce son départ pour l'Indochine, Madeleine met du temps à se faire à son absence. Elle s'était malgré tout amourachée de lui.

Plus tard, dans le même quartier, Madeleine succombe au charme de Guillaume, fragile et rêveur, fils illégitime reconnu par son père. Ils tombent amoureux, se fréquentent, décident de se marier. Guillaume se doute très vite que Madeleine a un passé, mais ne veut rien savoir de plus, et elle n'en parle jamais.

Ils s'installent à la Noiraude, le sinistre manoir du père de Guillaume, où règne une gouvernante effrayante : une grenouille de bénitier fanatique qui voit en Madeleine un démon. (Impossible de ne pas penser à Mrs Danvers et à Manderley. Daphné du Maurier a écrit son roman soixante-dix années après le tien, et elle ne t'a – a priori – jamais lu, mais il est très tentant pour moi d'y voir un lien insolite.)

Une petite fille naît, et le couple semble heureux. Mais le bonheur est fugace, n'est-ce pas, Émile ? Guillaume évoque souvent un compagnon de classe qui prenait sa défense lorsqu'on le harcelait au collège, gamin. Un type formidable, qui vit loin, à l'étranger. Et Madeleine comprend un jour, avec désarroi, en feuilletant l'album photo de son mari, que ce meilleur ami n'est autre que Jacques, son ancien amant. Jacques, qui revient un soir à la Noiraude, rendre visite à son ami de toujours…

La suite du livre est une plongée glaçante dans la folie et la hantise, et la fin, à l'instar de celle de *Thérèse Raquin* : une chute atroce. On se pince, Émile, tant c'est parfois tiré par les cheveux, mais cette instabilité enragée est si bien décrite qu'on en veut encore, comme tes descriptions enfiévrées des lieux, des chambres, puis des tempêtes, des bourrasques. Une obsession, du même acabit que celle qui a fait plonger les amants terribles Thérèse et Laurent, est explorée ici sous une autre forme, encore plus hardie, et bien plus tordue.

Tu écris dans *La Tribune* le 29 novembre 1868 : « *J'ai pris cette thèse (celle de « l'imprégnation ») dans Michelet et dans le docteur Lucas, je l'ai dramatisée d'une façon austère et convaincue.* »

En d'autres termes, une femme garderait à vie l'empreinte indélébile de l'homme qui a pris sa virginité. On s'étrangle, Émile ! Et donc, selon cette thèse archaïque et rétrograde, le premier amant d'une femme imposerait ses traits à l'enfant à venir plus tard, que cette même femme aurait avec un futur époux. Ainsi, Guillaume, atterré, est-il persuadé d'apercevoir la physionomie de Jacques poindre dans le visage de sa fillette, Lucie, même s'il sait pertinemment qu'il est bel et bien son père génétique. Quel couple, Émile, pourrait survivre à un tel déséquilibre psychologique ?

Mais la grande affaire de ce roman, tu le sais bien, c'est en effet l'hérédité : ce qui se transmet, ce qu'on reçoit. Ça te travaille, ça te démange. Tu y penses sans cesse. Ce que tu effleures pour la première fois dans *Madeleine Férat*, tu vas plus tard lentement le peaufiner, l'approfondir. Car, oui, une idée t'est venue : une idée magistrale ! Tu envisages un projet ambitieux, celui de raconter la vie d'une famille sur plusieurs générations, sous un angle particulier : celui du poids de l'hérédité, une suite de romans dans lesquels tu ferais défiler des personnages issus du même sang, estampillés du sceau de l'hérédité. Enfiévré, tu te mets à en échafauder la charpente.

Le titre ? *Histoire naturelle et sociale d'une famille sous le Second Empire*, puissante et passionnante fresque humaine d'une famille ébranlée par la fatalité et la génétique. Après des années de vaches maigres, tu proposes à une maison d'édition de fournir un roman par an pendant au moins dix ans en échange d'un salaire. (En fait, ce sera vingt ans et vingt romans, mais ça, tu ne le sais pas encore !)

Tu souhaites être vu comme un romancier « naturaliste », dont tu deviens le chef de file. Une mission quasi scientifique : rendre compte des comportements humains en restant au plus proche de la vérité, et tel un scientifique qui tente une expérience dans un laboratoire, toi qui te considères à présent comme un romancier savant, un anatomiste, tu ambitionnes d'observer, de constater et de rapporter exactement ce que tu vois.

Et voilà, Émile, ce que certains ont pu te reprocher par la suite : de dire la vérité sans complaisance, sans fioritures, sans enjoliver, jamais. De ne pas prendre de gants. Tu as pris parti pour une littérature réaliste qui décrit la vie telle qu'elle est.

Et c'est la blonde et nerveuse Madeleine Férat, sœur d'effroi de la brune et flegmatique Thérèse qui t'a ouvert le chemin vers l'œuvre de ta vie, les Rougon-Macquart.

Pour le plus grand bonheur de tes lecteurs.

Mme B et la scène du lavoir

Mme B a souvent l'air fatigué, comme si elle avait peu dormi, ou besoin de vacances. Devant cette classe de troisième pas toujours docile, elle semble avoir du mal à galvaniser ses élèves. Certains somnolent, plus ou moins discrètement ; d'autres crayonnent dans leur cahier ; d'autres encore bavardent. Fréquemment, Mme B s'impatiente, tape du pied, flanque un effronté à la porte ou brandit la menace d'une colle.

Et puis, un jour, Émile Zola.

Émile Zola, auteur de *L'Assommoir*. C'est un gros ouvrage, prévient Mme B avec un sourire ironique, cela ne va pas plaire à tout le monde. Grimaces et soupirs. En effet, *L'Assommoir*, version Livre de Poche, pèse de tout son poids dans les sacs à dos. Totalement assommant, *L'Assommoir*, maugrée une jeune fille en ricanant.

Mme B ne relève pas. Elle semble encore plus lasse que d'habitude et ce matin, sa voix ne porte pas, il faut tendre l'oreille pour la capter. Elle précise que *L'Assommoir* est le septième livre de la série des Rougon-Macquart, et qu'en 1877, à sa publication, il fit un tel scandale que tout le monde se l'arracha. La classe dresse l'oreille. Mme B lit les critiques de l'époque : Zola est accusé d'avoir commis un roman « misérabiliste », « trop noir », « vulgaire », « immonde », « abject », « ennuyeux comme la pluie » ; on traita même son texte de « pornographie puante ». Ce qu'il a cherché à faire, tout simplement, continue Mme B, c'était de décrire la misère du milieu ouvrier sans prendre de gants, sans occulter la vérité. Il est allé sur place, dans le quartier de la Goutte d'Or, à Paris, et il a pris des notes, il s'est beaucoup documenté. Il voulait que tout sonne vrai, martèle Mme B Il a même utilisé un langage argotique, qu'on lui a par la suite reproché. L'héroïne du livre s'appelle Gervaise Macquart, poursuit Mme B de sa voix fluette. Gervaise est blanchisseuse, jeune, fraîche et blonde, mais sa destinée sera tragique. D'ailleurs, la classe est prévenue, ce livre n'est ni facile, ni joyeux.

L'enseignante propose de lire à voix haute un passage emblématique, un de ses préférés. La classe fait le dos rond, s'attend à un interminable quart d'heure de torpeur avant que la cloche ne retentisse, interrompant les pâles tonalités de Mme B. Mais dès les premières lignes, il semble que ce n'est plus la même personne qui se tient debout devant le tableau.

— Chameau, va ! cria la grande Virginie.
— Salope ! Salope ! Salope ! hurla Gervaise, reprise par un tremblement furieux.

Électrifiée, la classe se redresse. La voix de Mme B, devenue rauque et puissante, est méconnaissable, tout comme son visage, d'habitude si placide ; sa bouche se tord, ses sourcils se froncent, son menton avance, sa jugulaire est saillante. C'est une bataille dans un lavoir, entre la blonde Gervaise et la brune et perfide Virginie. C'est une lutte d'une violence sidérante qui débute par des seaux d'eau balancés en pleine figure jusqu'à ce que les vêtements ruissellent, et qui se poursuit avec des coups de plus en plus agressifs.

La classe est abasourdie, pendue aux lèvres de Mme B ; les élèves transis ne sont plus dans une paisible salle de cours d'un collège parisien, mais transportés ailleurs, à la Goutte d'Or, au grand lavoir humide qui pue la javel et le moisi, qui met en scène deux femmes qui s'étripent, déchirent leurs vêtements et se griffent jusqu'au sang, et ils parviennent à sentir, entendre, voir, toucher et goûter tout ce que Zola décrit, pour faire pleinement partie de l'histoire de Gervaise.

Les élèves pensent que c'est terminé, poussent presque un soupir de soulagement tant le récit est raide, mais non, la voix de Mme B gronde encore plus fort, et cela repart de plus belle, lorsque les rivales s'arment de battoirs et s'acharnent l'une contre l'autre. Et dans une scène hallucinante, que la classe tétanisée écoute avec une horreur fascinée, c'est Gervaise qui en sort triomphante, après avoir déculotté la venimeuse Virginie pour lui administrer une raclée inoubliable.

La voix de Mme B s'éteint enfin, et l'institutrice reprend son apparence de tous les jours ; celle d'une dame entre deux âges, transparente, sur laquelle le regard ne s'attarde pas.

Mais la classe, qui retient son souffle, encore sous le choc de cette incroyable lecture, ne la verra plus jamais de la même façon, et pour certains élèves, dont celle qui écrit ces lignes, ce sera le début d'une longue histoire d'amour littéraire avec Émile Zola.

Je ne sais pas particulièrement [illegible], mais mon [illegible], l'est [illegible] pour cela [illegible] [illegible] [illegible] [illegible] [illegible] et tous les [illegible] qui sont les jours.

Comme la plupart des parents de l'école, en dehors d'autres [illegible] je n'assistais à une messe de rentrée. C'est là que j'ai vu le père Jean-Marie A. pour la première fois. Au début, je n'ai rien remarqué de particulier. C'était un prêtre comme un autre. Sauf qu'il paraissait jeune, bien plus jeune que les autres prêtres de la paroisse et de l'école. Une petite quarantaine, à peine plus. J'avais trouvé qu'il avait une belle voix claire.

C'est Camille, ma fille aînée, qui a commencé à me parler du père Jean-Marie A.

Fruit défendu

Je ne suis pas particulièrement pratiquante, mais mon mari, Antoine, l'est. C'est pour cela que nous avons choisi de mettre nos deux enfants dans une école privée catholique, même si c'était plus loin de notre domicile et donc plus long pour moi qui fais les allers-retours tous les jours.

Comme la plupart des parents de cette école, en début d'année, nous assistons tous à une messe de rentrée. C'est là que j'ai vu le père Jean-Marie A pour la première fois. Au début, je n'ai rien remarqué de particulier. C'était un prêtre comme un autre. Sauf qu'il paraissait jeune, bien plus jeune que les autres prêtres de la paroisse et de l'école. Une petite trentaine, à peine plus. J'avais trouvé qu'il avait une belle voix claire.

C'est Camille, ma fille aînée, qui a commencé à me parler du père Jean-Marie A.

C'était avec lui qu'elle allait préparer sa première communion. Selon Camille, il n'était pas comme les autres. Il parlait simplement. Il utilisait un langage que les enfants comprenaient tout de suite. Il répondait à ses questions, à celles de ses camarades. Du coup, le cours de catéchisme devenait passionnant. Antoine était content de cet état de choses. Moi aussi.

Je me suis retrouvée face au père Jean-Marie A à la fête de Noël de la classe de Camille. Nous étions tous là, en famille, avec mon mari, nos deux enfants. Camille était folle de bonheur qu'on puisse parler enfin à « son » prêtre. Antoine le connaissait mieux, vu qu'il allait plus régulièrement à la messe que moi. « Un homme formidable », disait-il de ce jeune curé.

J'ai été frappée par sa haute taille, ses larges épaules. Quelque chose d'infiniment joyeux et bon dans son regard clair. Un grand sourire. Des dents blanches. Un rire franc. Des mains expressives.

Autour de lui, les enfants se pressaient, rivalisaient pour obtenir son attention. Il leur parlait en effet avec des mots modernes, il les tutoyait. Il n'y avait finalement que sa soutane qui faisait vieux jeu à mes yeux. Je me suis demandé ce soir-là quelle était la vie de ce jeune homme. Il avait tout donné à sa foi, à sa passion pour le Christ. Admirable, de nos jours. Ou un peu fou ?

Je n'avais jamais pensé à la vie privée des prêtres, à leur sexualité. Peut-être parce que c'est un sujet tabou. Je sais que dans les pays anglo-saxons, les prêtres peuvent se marier, fonder une famille. Pas chez nous. Est-ce bien ? Est-ce mal ? Je me le demande.

C'est Camille qui a dit un matin dans la voiture : « C'est triste que le père Jean-Marie ne puisse jamais avoir de femme, d'enfants. » J'ai répondu : « Oui, c'est triste, mais n'oublie pas que c'est son choix » et je me suis demandé alors comment ce choix était venu à lui.

Lors des préparatifs à la communion des enfants, je remarquai à quel point le père Jean-Marie, ainsi que l'appelaient les élèves, commençait à occuper mes pensées. Je me surprenais à attendre plus longtemps sur le trottoir devant l'établissement dans l'espoir de le croiser. Lorsque je l'apercevais, je ressentais comme un bref choc électrique, et il me saluait en retour d'un sourire amical. J'avais appris à reconnaître de loin sa démarche souple.

Il me fascinait. C'était étrange. J'avais l'impression de faire quelque chose de mal en pensant à lui. Quelque chose d'interdit. Alors, j'essayais de me retenir. Mais c'était impossible !

Lors de la première communion de Camille, j'ai eu l'occasion de lui parler un peu plus longuement. Je n'ai pas pu m'empêcher de lui poser toutes sortes de questions. D'où venait-il ? Depuis combien de temps était-il prêtre ? Il me répondait simplement. Il avait grandi dans le sud de la France, en Provence. Il était resté proche de sa famille. Sa vocation lui était venue jeune. Il ne s'y attendait pas, mais ce fut comme une révélation, après la mort d'un proche.

Plus je l'écoutais, plus je prenais de plaisir à entendre sa voix chaleureuse, ses phrases courtes, qui allaient droit au but. Il n'y a rien d'alambiqué, de superficiel chez lui. Et je crois que c'est cela qui m'a séduite. Qui m'a charmée. Plus que charmée. Envoûtée. Je me sentais merveilleusement bien en sa présence. Je n'avais plus envie de partir.

La semaine d'après, j'ai commencé à me poser des questions. Tout en vaquant à ranger des affaires qui traînaient, à préparer les repas, à surveiller les devoirs des enfants, je ne pouvais plus éviter de voir la situation bien en face. C'était pourtant très clair.

Craquer pour un prêtre ! Jamais je n'aurais cru une telle chose possible. C'était invraisemblable ! Et pourtant, c'était bel et bien en train de m'arriver. Je me sentais idiote, j'avais l'impression d'être une adolescente. Mais en même temps, je n'étais pas malheureuse, je ne souffrais pas. J'avais juste envie de penser à lui, d'être avec lui en pensée. Tout le temps.

Avec Antoine, la routine avait pris le pas sur notre vie de couple. Nous nous aimions, mais la passion n'était plus au rendez-vous. Nous faisions l'amour rapidement, sans sensualité ni flamme, quand les enfants dormaient. Et moins souvent. Antoine travaille pour le service marketing d'une compagnie d'assurances. Moi, je donne un coup de main à une bonne amie, Caroline, dans sa boutique de décoration en centre-ville. Une de ses vendeuses était en congé maternité et je la remplaçais en attendant son retour. Je n'avais pas osé parler de mon « crush » inavouable à ma meilleure amie, mais je me doutais qu'elle n'allait pas tarder à se douter de quelque chose.

« Tout va bien ? m'a-t-elle demandé un matin, alors que nous ouvrions la boutique. Je te trouve à la fois exaltée et vague. »

J'ai failli tout lâcher à ce moment-là. Mais je me suis retenue à la dernière minute. Elle ne pouvait pas comprendre. Mais qui pouvait comprendre cette situation insensée ?

Je me suis inscrite, avec d'autres parents, pour les sorties scolaires et les activités extérieures, choses que je ne faisais jamais en temps normal. Le père Jean-Marie participait, et je le savais. C'était une manière facile et insoupçonnable de le voir souvent. Nous allions visiter des musées, des parcs, des galeries. Je m'arrangeais toujours pour être près de lui, assise à côté de lui dans les trajets en car. Je regardais ses mains, posées sur ses genoux. Elles pourraient me faire perdre la tête, ces mains. Je les imaginais sur moi, sur mon corps. Je regardais sa belle bouche aux lèvres sensuelles et je me voyais en train de l'embrasser. J'étais en transanse, et je ne sais pas comment je faisais pour parvenir à rester calme, afin que mon tourment passe inaperçu.

Le soir, dans le lit conjugal, pendant que mon mari ronflait paisiblement, je repensais au père Jean-Marie, et je me consumais de désir. Je nous imaginais dans une chambre d'hôtel : une pièce aux lumières tamisées. Un endroit inconnu et mystérieux. Il m'attendait. Il portait sa soutane. C'était moi qui posais les mains sur lui en premier. Il me laissait faire. Il se laissait faire. Plaquée contre lui, je ne pouvais plus respirer tant je frémissais. Je le sentais dur contre mon corps et je défaillais. Je me laissais envahir par mon envie de lui. C'était étourdissant. C'était comme une drogue. Jamais un homme ne m'avait fait un effet pareil. Était-ce à cause de l'interdit qui pesait sur lui ? Du tabou si chargé qui l'entourait ? Était-ce mal d'avoir ce genre de pensées ? C'était incontestablement un péché. Je me sentais perdue, tourmentée. Puis je tentais de reprendre le dessus.

Pendant ma journée de travail à la boutique, je songeais à son corps nu. Je voyais très précisément chaque geste qu'il pourrait esquisser à son tour envers moi : sa façon de me caresser, le plaisir qu'il me donnerait. C'était comme un film de plus en plus long, de plus en plus détaillé, qui jouait inlassablement dans ma tête. Je savourais chaque détail. Je me laissais griser. Une délicieuse torture. Je frissonnais des pieds à la tête et personne de mon entourage ne se doutait de ce que je traversais. Je cachais si bien mon jeu.

Vous savez, je ne ressemble à rien, à première vue. Je suis une de ces petites bonnes femmes lisses qu'on ne remarque pas. Châtain, yeux clairs, sans signe particulier. Je suis une de ces invisibles, ni belle, ni moche. Le regard des autres ne s'accroche pas sur nous.

Mais le père Jean-Marie avait allumé un brasier intime inédit. J'avais tout à coup l'impression que les hommes me regardaient dans la rue. Ils me dévisageaient. Ils me considéraient. Ils me souriaient. Je devais dégager quelque chose. Un je-ne-sais-quoi... Et cette incandescence commençait à se voir. Je ne parvenais plus à la réprimer.

« Tu es sûre que tu ne me caches pas un truc ? avait gloussé Caroline, alors que je rangeais dans l'arrière-boutique. Tu as ta tête de coquine de quand on avait vingt ans.

— Non, non, rien… », j'ai bafouillé.

Elle me scruta.

« Tu es amoureuse, c'est ça ? Tu as un secret…

— Tu es folle ! N'importe quoi. »

Mais elle n'était pas dupe. Elle me connaissait depuis si longtemps…

Si elle savait…

Si Antoine savait…

Et ma fille !

J'avais honte. Tellement honte.

Mais tellement envie de lui, aussi. Envie d'être avec lui.

Au bout de plusieurs semaines, tout cela devint impossible à porter. Je ne savais plus vers qui me tourner. J'étouffais. Je n'avais pas du tout envie de confier ce secret à Caroline, à mes amies. Alors, j'ai décidé de lui en parler, à lui. De tout lui dire. Comme une confession. De lui avouer que cela faisait des mois que je ne pensais qu'à lui. Que cela me réveillait la nuit. De lui dire qu'en fait je me sentais davantage coupable de penser à lui parce qu'il était prêtre, que de tromper mon mari en pensée. Le comble.

Nous nous sommes retrouvés un après-midi dans une petite salle de l'école, à ma demande. Mais une fois devant lui, je perds courage. Je ne sais pas comment formuler ces mots : « Je suis amoureuse de vous. Je ne cesse de penser à vous. Je ne sais plus où j'en suis. »

Je suis incapable de parler. Il est souriant, doux ; il voit bien que j'ai du mal. Il est là, assis à côté de moi, et je sens cette odeur enivrante qui me trouble tant. Ce n'est pas une eau de toilette ou un parfum, c'est son odeur à lui. Et cette odeur me rend folle.

Je regarde son cou à la peau lisse, et je brûle d'y poser mes lèvres. J'aime tant son calme, sa douceur, sa patience. Comment lui dire que je rêve de le rendre fou de désir ? De voir ses yeux se plisser d'extase, de l'entendre gémir ?

Les fantasmes, cela n'a jamais été mon « truc ». Mais le père Jean-Marie a tout changé. Je découvrais, stupéfaite, le pouvoir des images, de l'imaginaire, du rêve éveillé empreint de sensualité. Comment ai-je pu passer à côté de tout ça ? Je n'en revenais pas.

Et là, devant moi, se tenait cet homme. Cet homme qui ne se doutait de rien. Qui ne savait pas dans quel état il me mettait, jour après jour. Nuit après nuit. Comment lui dire ?

« C'est à propos de votre fille ? » demande-t-il enfin.

Je réponds, en tremblant :

« Non, c'est à propos de moi. Et de vous. »

Va-t-il prendre ces aveux pour un manque de respect pour l'homme d'Église qu'il est, pour sa foi ? J'ai si peur que oui.

Je vois que mes paroles le déstabilisent. Il reste muet, mais son regard a changé. Il ne me regarde plus de la même façon. On dirait qu'il se méfie. Je me sens encore plus mal à l'aise, et je me dis que je dois partir. Je me lève précipitamment.

Il me retient, me demande de m'asseoir.

« Dites-moi ce que vous avez à me dire. S'il vous plaît. »

C'est difficile. J'ai peur de le décevoir. Je crains qu'il me voie comme une espèce de dingue, une séductrice, une aguicheuse.

Alors, je dis simplement :

« J'ai envie de vous connaître. »

Le père Jean-Marie sourit. Il a l'air moins inquiet. Et il murmure avec un sourire :

« Votre fille me connaît déjà très bien. Je comprends que vous vouliez en savoir plus sur moi. »

Ce n'est pas exactement ce que je souhaitais entendre, mais je m'en contente, pour le moment.

Et petit à petit, le père Jean-Marie commence à faire encore plus partie de ma vie de tous les jours. Je m'arrange pour être à la sortie de l'école quand il est là ; j'accompagne désormais ma famille à la messe, car il est là, aussi.

La messe m'ennuyait ferme, avant. Ce n'est plus le cas. Je bois littéralement ses paroles. Je frissonne en l'écoutant. Je suis chaque hymne les yeux fermés, en transe. Mon mari, mes enfants doivent se demander pourquoi la religion m'atteint à ce point, tout à coup. C'est presque drôle. Mais au moment de la communion, lorsque le père Jean-Marie pose l'hostie sur ma langue, lorsque sa peau rentre en contact avec ma langue, je manque de défaillir. À chaque fois.

« Tiens, tu vas à la messe tous les dimanches, maintenant ? dit Caroline, avec un drôle de sourire. Tu deviens une grenouille de bénitier ou quoi ? »

Commence-t-elle à se douter de quelque chose ? J'en frémis. Je change de sujet, maladroitement.

Avec le père Jean-Marie, devant l'école, nous parlons souvent, seuls, de tout, de littérature, de voyages, d'art. Il est cultivé. Et très drôle aussi. Il me fait parfois rire. On imagine, à tort, que les prêtres sont des gens sinistres. C'est faux !

Le temps passe et la fin des cours approche. Je le redoute, car cela signifie que je ne le verrai pas avant la rentrée. Et cela me rend si triste. Il apporte un tel souffle, un tel éclat à ma vie.

Un jour, juste avant la fin des classes pour les grandes vacances, le père Jean-Marie me fait un petit signe. Nous nous trouvons devant le préau. Il dit qu'il aimerait me parler, qu'il a quelque chose d'important à me dire. Mon cœur ne fait qu'un bond. Il propose un rendez-vous dans un café près d'ici, le lendemain dans la matinée. J'accepte, bien sûr. Les enfants sont encore en cours, et je pourrais me débrouiller avec Caroline et la boutique.

La soirée entière, je ronge mon frein. Je n'arrête pas de penser à cette entrevue, à ce qu'il pourrait m'apprendre. Je suis comme dans un autre monde. Mes enfants, mon mari, le remarquent. Je leur dis que j'ai une migraine, que j'ai pris un cachet et que ça va mieux. Ils me croient.

Cette nuit-là, je dors à peine. Je fais l'amour avec mon mari, et j'imagine que c'est le père Jean-Marie qui me caresse, qui m'embrasse et me pénètre. Ce n'est pas la première fois, je l'avoue. Lorsque mon mari et moi avons des rapports sexuels, le père Jean-Marie s'invite à son insu dans nos ébats. Et les pimente. Du coup, j'ai beaucoup plus souvent envie d'Antoine. Mon mari n'y voit que du feu. Il est ravi, émoustillé par cette libido ressuscitée. Par sa femme devenue une « coquine », dit-il tendrement.

Dans ce jardin secret où je suis la seule à me rendre, et dont j'ai la clef, je donne libre cours à mes rêves les plus érotiques. Sous la soutane noire, sa peau est d'une douceur exquise. Je n'ai jamais vu de corps d'homme aussi beau : ces épaules robustes, ce dos puissant, cet abdomen plat. Je connais à présent le goût de sa salive, celui de ses baisers. Je connais la complainte qu'il laisse échapper lorsque je promène mes lèvres sur son torse, sur son bas-ventre, au creux de ses cuisses. Je sais comment ses mains se perdent dans mes cheveux, jusqu'à me faire mal, parfois. Je connais l'odeur qui se dégage de lui après l'amour.

Souvent, je me donne du plaisir lorsque je suis enfin seule, dans mon bain. C'est toujours au père Jean-Marie que je pense. Mes doigts tremblants deviennent les siens, et ce supplice exquis, parfois insoutenable, c'est lui qui l'engendre. Et dire qu'il ignore tout de ce vertige ensorcelant, de l'état indescriptible dans lequel il me met. J'éprouve une jouissance violente, profonde qui me laisse pantelante. Est-ce répréhensible ? Certainement. Je m'en veux. Je me trouve pathétique, paumée, déplorable. Mais jamais je ne pourrais renoncer à ces sensations démentes.

Le lendemain, je mets une bonne demi-heure avant de trouver la tenue adéquate. Je souhaite être belle pour lui. Je souhaite lui plaire. En même temps, je me sens ridicule.

Mais tu te rends compte de ce que tu fais ? J'entends d'ici la voix de Caroline. *Tu as un mari, des enfants, et ce type est prêtre ! Il a fait vœu de chasteté ! Il se prive de plaisir sexuel. Tu es malade ou quoi ? Arrête tout de suite ce jeu malsain et laisse ce pauvre curé tranquille !*

Je suis à deux doigts de tout annuler. Mais je veux surtout savoir ce qu'il souhaite me dire. Impossible de résister. J'irai au rendez-vous. Finalement, j'opte pour un pantalon blanc et un chemisier bleu clair qui, je sais, va avec mes yeux.

Le père Jean-Marie m'attend à la terrasse du café. Avec sa soutane noire au col blanc, il semble être une figure élégante d'un autre temps. Nous sommes seuls. Il me demande comment je vais, puis parle avec gentillesse de Camille et du spectacle de fin d'année. Tout s'est bien passé, un moment formidable, et il s'en réjouit. Je souris également. Je me doute bien qu'il n'a pas demandé à me voir pour me parler de la prestation théâtrale de ma fille.

— Vous vouliez me dire quelque chose ?

Il hésite et je retiens mon souffle…

J'ai tellement envie d'entendre les mots fous que j'ai tant imaginés : *Je ne pense qu'à vous, je veux vous voir seule, passer un moment dans vos bras... Vous embrasser, vous prendre... Lara, j'ai envie de vous. Je n'en peux plus...*

Douche froide ! Il m'annonce qu'il va quitter l'école, pour devenir aumônier dans une prison. C'est une opportunité dont il rêvait. Un défi de taille qu'il souhaite relever. Il voulait me le dire à moi, avant tout le monde, car il m'apprécie « énormément ».

Je suis effondrée par cette nouvelle. Je n'ai pas du tout envie qu'il quitte l'école. Je suis si désemparée que je commence à pleurer.

Je ne sais pas très bien ce qui s'est passé ensuite, enfin comment les choses se sont déroulées. Je sais qu'il y a eu la porte cochère d'un immeuble voisin, désert, obscur, et ses bras à lui.

Et ses lèvres. Et ce baiser.

Sa langue qui prend possession de ma bouche. Je ferme les yeux. Mon corps est comme électrifié.

Un baiser qui a peut-être duré quelques minutes, mais qui semble une éternité. Je n'ai jamais connu un baiser pareil. Aussi sensuel. Aussi lent. Aussi érotique. Aussi interdit.

Je ne sais plus qui a reculé, lui ou moi.

J'ai murmuré :

« Pardon. »

Il a baissé la tête.

Il a dit :

« Non, c'est vous qui devez me pardonner. »

Il a l'air brisé, soudain, plus âgé. Il s'est éloigné de moi, et il a soufflé :

« Adieu, Lara. »

Je lui prends le bras, je lui dis :

« Venez, je suis seule chez moi. Venez, je vous aime. Venez ! »

Je l'appelle par son prénom, je m'accroche à lui. Je le supplie. Il me repousse, doucement, le visage bouleversé.

Il me dit :

« Non, je ne peux pas, Lara. Je ne peux pas. »

Il est parti. Sa haute silhouette noire s'est effacée. J'ai erré, hagarde. Perdue. Je me suis laissée tomber sur un banc, et j'ai pleuré. Longtemps.

Je ne l'ai plus revu. Mais nous nous écrivons. Toutes les semaines. Il m'envoie des lettres merveilleuses qui décrivent son activité d'aumônier dans une prison violente, difficile. Ses mails sont une lumière précieuse. Avec humour, il me parle de ce qu'il fait, de ses journées, de ses lectures, il me pose des questions sur Camille, sur notre famille. Je lui réponds en détail, je lui livre des anecdotes amusantes sur ma fille, sur ses camarades de classe, et parfois sur moi.

Nous n'avons jamais évoqué ce baiser. J'en ai envie, mais je ne le dois pas. Je ne le peux pas. Ce n'est pas grave. Ce n'est pas important. L'important, c'est qu'il soit dans ma vie, d'une façon ou d'une autre. L'important, c'est que je reste aussi dans la sienne.

Car je l'aime encore et je l'aimerai toujours. Il a laissé sa marque sur moi, éternellement. Il donne des couleurs à mon existence. Il a réveillé mon désir. Mon envie. Il est le feu intérieur qui me dévore ; il est ma passion.

Il est mon douloureux et merveilleux secret.

Mon fruit défendu.

[illegible]

[illegible] gants. [illegible] de [illegible] ses deux mains [illegible] épaules [illegible] comme [illegible] sur [illegible] rebord de la fenêtre [illegible]

Notre monde imaginaire

Paris, le…

Je sais que tu ne dors pas non plus, chère voisine insomniaque. Vers trois heures du matin, quand je vais chercher un verre d'eau dans la cuisine, je constate que de l'autre côté de la rue, ta lumière est toujours allumée. Difficile de dormir par ces temps bouleversés. Alors, viens, fais-moi confiance. Ne te pose pas trop de questions. Je t'emmène ailleurs. Tu n'auras pas besoin de ton attestation, ni de ton masque, ni de tes gants. Il te suffit de caler tes deux mains sur mes épaules. Oui, comme ça. Tu vois, je suis là, sur le rebord de ta fenêtre. Nous voilà partis. Il fait un peu frais, je sais. Mais à cette heure-ci, au cœur de la nuit, personne ne nous verra. Regarde comme nous filons à toute vitesse dans le ciel bleu d'encre, direction le sud. Accroche-toi.

Je t'emmène sur les traces de l'enfance. Le confinement possède cette vertu étrange et charmante : ouvrir la boîte à souvenirs. N'aie pas peur, chère voisine. Le voyage est rapide. Là en bas, l'océan. Déjà ! Oui, déjà. Nous allons nous poser là, doucement, sur cette plage. Le soleil brille. Marée basse sur la Côte des Basques. C'est un jour d'été. Regarde les surfeurs glisser sur les vagues. Tu vois celui qui a les cheveux noirs ? Une combinaison rouge et bleu ? C'est mon père. Il passera son après-midi sur sa planche. Cette jolie trentenaire avec un grand chapeau de paille qui attend sur le sable, et qui attendra longtemps que son mari sorte de l'eau, c'est ma mère. Et la gamine qui joue au frisbee avec sa copine Sylvie, c'est moi.

Plus haut, au-dessus des marches, il y a l'échoppe de la marchande de glaces, Emilia. Avec son accent anglais, ma mère commande « deux boules dans une cône ». Sa façon de prononcer le mot « cône » prête à confusion. Tout le monde se marre. Je ne comprends pas pourquoi, ma mère non plus. Je m'en fiche. J'ai dix ans, et les vacances d'été viennent de commencer. Et le reste n'a plus d'importance.

Tu vois, ce sont ces images-là qui me reviennent, alors que nous sommes confinés en ville, ce sont celles-là que je vais chercher la nuit quand je ne dors pas et que l'angoisse gagne du terrain. Savoure cette glace vanille chocolat. Écoute le bruit des rouleaux. Respire les embruns. Mais fais vite. Nous allons devoir repartir. Il y a des sentinelles qui rôdent. Il vaut mieux être prudents. Les sentinelles du passé sont perfides, elles font remonter la nostalgie d'une façon trop violente.

Cap sur Paris. Pardon pour mes cheveux qui flottent dans ta figure. La prochaine fois je les attacherai. Je n'avais pas prévu de t'embarquer. Regarde, la tour Eiffel. Je vais m'approcher, pour qu'on puisse se percher en haut. Deux minutes, histoire de regarder ce Paris désert. Viens, je te dépose à ta fenêtre.

Crois-tu qu'on arrivera à dormir cette nuit ? Depuis que le virus s'est insinué dans notre vie, il a sapé notre sommeil. Il a tout sapé, le salaud. Notre moral, notre santé, notre joie de vivre. Tout ? Presque. Il n'aura ni nos souvenirs, ni notre monde imaginaire.

Arnaud, mon oncle

Arnaud n'était pas un oncle comme les autres. Après tout, on n'avait que quinze ans de différence. Mes premiers souvenirs de lui remontent au milieu des années 1960. Nous vivions tous – mes parents, mes grands-parents, et lui – dans un grand appartement glacial du XVIe arrondissement. Arnaud avait laissé tomber ses études pour devenir photographe. Il était amoureux d'une ravissante jeune fille aux yeux verts, propriétaire d'un pékinois borgne qui me terrorisait, Ping Pong. La jeune fille s'appelait Marisa Berenson. Elle n'allait pas tarder à devenir célèbre. Arnaud aussi. Avec son premier cachet, lors d'un reportage fastueux sur les mines de diamants en Afrique du Sud, il s'était fait décorer une pièce à lui dans l'appartement. Pour ma sœur Cecilia et moi, c'était le trésor d'Ali Baba : plantes luxuriantes, peaux de bête à même le parquet, grande cage pour oiseaux exotiques, imitations de pierres précieuses sur des tables basses laquées, objets étranges comme cette montre ancienne dont le ressort montrait un couple en train de faire l'amour.

Et puis il y a eu la Rolls. La fameuse. Il venait nous chercher, ma sœur et moi, à la sortie de l'école. Une voix grésillait dans un haut-parleur attaché à la voiture : « Les demoiselles Rosnay sont attendues par leur oncle. » Nous étions à la fois consternées et ravies. À l'intérieur de cette voiture mythique, à la technologie révolutionnaire pour l'époque, Arnaud passait des coups de fil, ouvrait son frigo, écoutait de la musique sous nos yeux médusés. Des fourrures de panthère ornaient les fauteuils en cuir doré, des estampes indiennes les portières arrière. Il nous offrait des glaces au chocolat et nous grondait si on faisait des taches. Arnaud était devenu un homme du monde, il aimait faire la fête, invitait le Tout-Paris. Son parfum, Eau Sauvage de Dior, lui allait bien. Il organisait des voyages de luxe pour faire découvrir l'île Maurice, encore méconnue. Pour beaucoup, c'était un snob, un affairiste, un arrogant. Mais pour nous, ses nièces, il était drôle, irrévérencieux, irrésistible.

À Biarritz, où nous passions nos vacances, Arnaud sillonnait les routes sinueuses du Pays basque à moto, vêtu de son maillot de bain et de ses lunettes noires. Derrière le dos de mes parents, déjà préoccupés par la diététique, il m'emmenait à moto chez Dodin, le salon de thé. Il me disait de prendre ce que je voulais, et je m'empiffrais consciencieusement. En m'accompagnant au mariage d'une cousine à Arcangues, il portait un costume clair sans chemise. Je me souviens des regards scandalisés sur son torse nu et bronzé. J'avais six ans et j'étais très fière qu'il me tienne par la main. Il était beau, oncle Arnaud.

Arnaud s'est ensuite mué en inventeur. Il débarquait avec un attaché-case en cuir noir monogrammé et racontait des projets qui semblaient insensés. Le Speed Sail (planche à voile sur roues), une patinoire à installer en plein désert d'Arabie Saoudite, un jeu de société, le Petrópolis, basé sur le Monopoly. Dans la foulée, il s'est marié, avec Isabelle Goldsmith, la fille de Jimmy Goldsmith, la petite-fille d'Atenor Patino. J'ai le souvenir d'un mariage somptueux, d'horribles robes fleuries portées par ma sœur et moi. Le mariage n'a pas duré très longtemps. On a revu Arnaud au bras de

Caroline de Monaco, Bianca Jagger. C'était aussi un play-boy, mon oncle.

Il était toujours en avance sur tout. Le premier walkman, c'est lui qui me l'a fait essayer. Le premier « ghetto-blaster », magnétophone puissant qu'on pouvait trimbaler à la main, lui aussi. Il aimait la musique, me faisait découvrir des groupes américains inconnus, terriblement branchés. Un jour, il m'a fait écouter Françoise Hardy. J'ai pouffé de rire devant ce choix si ringard pour lui. Il m'a foudroyée du regard : « Écoute, petite idiote ! » C'était « Message personnel », une chanson sublime. Depuis, quand je l'entends, je pense à lui. À chaque fois.

Mais tout a changé au début des années 1980. Arnaud en a eu assez des mondanités, des sorties, des fêtes. Sa nouvelle passion, c'était le sport. Il avait déjà été champion de surf en 1964 et c'était, tout comme mon père Joël, un grand sportif. Son grand défi : le windsurf. Il a rencontré Jenna, celle qui allait lui donner une fille, Alizé. Ensemble, Arnaud et Jenna sont devenus ce couple mythique d'athlètes qui faisait rêver. Arnaud s'est lancé dans les fameuses traversées en planche à voile qui ont fait couler beaucoup d'encre. Le detroit de Béring, l'Atlantique, le Pacifique, la Manche. Des mauvaises langues ont mis en doute la véracité de ses exploits. Cela l'avait tant blessé.

Et puis il y a eu la dernière traversée, celle de novembre 1984. Sa perte. Nous n'avons jamais su ce qui lui est arrivé. Si « Nans » était encore avec nous, il aurait soixante-dix-sept ans aujourd'hui. Difficile à imaginer. Pour moi, mon oncle aventurier sera toujours un éternel jeune homme, fougueux, extravagant, parti trop tôt, et dont le rire espiègle résonne souvent dans mes souvenirs.

[illegible]
avait [illegible]
[illegible]
[illegible]
[illegible]
[illegible]
[illegible]
[illegible]
[illegible]
[illegible]
[illegible]
[illegible]
[illegible]
[illegible]
[illegible]
[illegible]
[illegible]
[illegible]
[illegible] Rudolph [illegible]
Il paraît que Billy [illegible]
[illegible] vingt-cinq [illegible]
[illegible]
[illegible]
[illegible]
[illegible]
[illegible]

Dakota

New York City, mai 1985. J'ai vingt-trois ans.

72e Rue. J'ai traversé Central Park à partir du Upper East Side pour venir ici pour la première fois. Le Dakota se dresse devant moi, forteresse gothique, pâle, imposante. Je regarde les toitures pointues, chiens-assis, renfoncements et balustrades qui lui prêtent une allure européenne. J'avais lu que l'immeuble datait de 1884, que de nombreuses stars y avaient vécu, comme Lauren Bacall, Leonard Bernstein, Judy Garland, ou encore Rudolph Nureyev. Il paraît que Billy Joël n'a jamais réussi à y habiter. Dix étages, soixante-cinq appartements qui possèdent entre quatre et vingt pièces, quatre mètres de hauteur sous plafond, parquets en acajou. Mais quand je pense « Dakota », je vois le visage maladif de Mia Farrow dans *Rosemary's Baby*, je vois les lunettes ensanglantées de John Lennon.

Le 8 décembre 1980, John Lennon a quarante ans. Mark Chapman, son assassin, vingt-cinq. Dans ses poches, *L'Attrape-cœurs* de Salinger, l'album *Double Fantasy*, et un revolver.

Lennon s'est réveillé chez lui ce matin-là, le dernier de son existence. Il s'est douché, il s'est habillé, il a pris son petit déjeuner. Il a joué avec son fils. Annie Leibovitz est venue le photographier avec Yoko Ono. Il a quitté le Dakota avec Yoko à dix-sept heures pour enregistrer la chanson « *Walking on thin ice* » au Record Plant Studio sur la 44e Rue. Devant le Dakota, de nombreux fans l'attendent, comme d'habitude. Parmi eux, Mark Chapman. Chapman tend à Lennon l'album *Double Fantasy* sans un mot. Lennon le signe. Un photographe immortalise la scène. Sur la photo, Lennon, tête baissée, en train de signer, et Chapman qui le regarde, le sourire gourmand, Chapman qui sait déjà qu'il va le tuer, six heures plus tard. Vers vingt-trois heures, Lennon et Yoko reviennent chez eux. Yoko rentre en premier dans le Dakota. Chapman tire cinq balles sur Lennon à bout portant. Dans son dos. Cette lâcheté supplémentaire me bouleverse. Un flic dit, juste après : « Tu te rends compte de ce que tu as fait ? » Chapman répond, imperturbable : « Oui, je viens de tirer sur John Lennon. »

Chaque fois que je retourne à New York, je vais devant le Dakota. Un pèlerinage intime, personnel et un peu morbide. Pourtant, je ne suis pas une fan des Beatles. Je suis plutôt Stones. Mais j'éprouve le besoin étrange et inexplicable de me recueillir à la Modiano sur le lieu de mort de mon Beatles préféré. Quand j'y suis, je pense à Yoko qui a vu son mari perdre la vie. Il paraît qu'elle habite toujours là, et je me demande comment elle fait, pour pouvoir poser ses pieds chaque jour sur les marches où son mari s'est effondré. Je pense au petit garçon de cinq ans qui dormait là-haut pendant qu'un type descendait son papa. Je pense au *doorman* qui n'a jamais pu effacer les images du meurtre de sa tête. Je pense à la folie d'un déséquilibré qui voulait devenir célèbre. Je pense à tout ce que John Lennon avait à faire, à tout ce qu'il lui restait à vivre, à toutes les chansons qu'il allait composer. Je pense à l'effroyable fragilité de la vie.

[illegible]

[illegible] on avait dû [illegible] une chose [illegible]. Mais comment [illegible] *maths, d'ailleurs. Je l'écrase. C'est cool. Je vois bien comment elle me regarde, avec son sourire mielleux et ses dents en avant. Elle me déteste autant que je la déteste. Elle est maigre, elle, et ça me tue. Maigre comme j'aimerais l'être. Comme je rêverais de l'être. Elle est invitée partout en plus. Moi, j'ai pas le droit d'aller à ces fêtes. Mes parents me forcent à bosser. Ils disent que je suis trop jeune. Que j'aurai tout le temps de sortir plus tard. Ils me parlent de la sixième l'année prochaine, de l'entrée au collège, gnagnagna. J'en peux plus.*

2023

Dans la grande salle octogonale du septième étage de l'Immeuble Blanc, dénommée « Lilas » à cause de ses murs mauve pastel, tout avait été nettoyé et rangé. Il ne subsistait aucune trace de l'horrible combat. Le pot de fleurs cassé avait été remplacé ; les tasses de café renversées avaient été lavées et rangées. La moquette beige, shampouinée et aspirée, semblait neuve ; les meubles, remis en place, les murs, lessivés. Et pourtant. Ceux qui s'y trouvaient l'avouent, sidérés : c'était une scène de carnage. Une scène de guerre. Dans leur duel, elles avaient tout cassé, tout pété, tout envoyé valdinguer. Un miracle que personne n'ait été blessé. À part elles, bien entendu. Il y a quand même eu un nez fracturé d'un côté, et un œil au beurre noir de l'autre – sans oublier les bridges qui ont sauté.

Personne n'est d'accord sur le début des hostilités. Il faut imaginer, au préalable, la réunion dans la salle Lilas, prévue de longue date. Combien étaient-ils ? Une dizaine, d'après les informations qui circulaient. L'équipe « A » et l'équipe « B » et chacun de leurs avocats, financiers, têtes pensantes, community managers, commerciaux, et assistants. Et puis, bien sûr, elles. Elles deux. Les deux patronnes. Beaucoup de choses ont été dites sur leur physique. Leur âge. C'est ignoble, tout de même. N'allons pas sur ce terrain. N'abordons pas ce sujet. Mais il faut quand même avouer que cette histoire de physique à son importance. Elles se sont retrouvées à moitié nues, quand même. Oui, nues ! Vêtements arrachés, déchirés, certainement des affaires de marque (surtout pour EV, une gravure de mode, tirant un peu sur le vulgaire, cela dit). Tout a fini en lambeaux.

De la robe très classe portée par NdS, il ne reste que des confettis.

1981

Tu vois la première de la classe, là ? La grosse tour, la frimeuse avec ses lunettes qui se la pète avec son 18 de moyenne ? Ouais, celle-là. J'en peux plus.

Je la conchie. Tu ne sais pas ce que ça veut dire ? Non ? j'ai piqué ça à ma grand-mère, ah ah ! À ton avis ? C'est dans cet ordre-là. Dès que j'ai vu sa tête, j'ai compris. En plus, tu as vu comment elle s'habille ? C'est affreux. Des vieux machins rapiécés. Et tu as vu le truc horrible autour de son cou ? Un collier avec une araignée ! Complètement tarée, la fille. N'importe quoi. Elle a mis les profs dans sa poche en plus. Elle est maligne, tu sais. Faut se méfier d'elle. Je t'interdis de lui parler.

2023

Salle Lilas, donc. Jeudi après-midi, quinze heures. Avaient-elles bu ? C'est possible, mais pas dans les habitudes ni de l'une ni de l'autre. NdS avait déjeuné au consulat avec un politique. EV avait, paraît-il, un repas privé au premier étage du Pink Garden. On ne sait pas avec qui. Étaient-elles ivres au moment des faits ? Selon le staff de l'Immeuble Blanc, pas du tout. Et pendant la réunion, elles n'ont bu que du café et de l'eau. Pétillante pour EV, plate pour NdS. Quelqu'un a dit que c'était la première fois qu'elles se voyaient *in real life*. Dans la vraie vie. Le rapprochement des deux groupes faisait les gros titres. La start-up GoNow de NdS, très bien cotée en bourse, allait fusionner avec Black Radar Galaxy, le groupe presse et médias d'EV. Cela faisait presque trois ans que l'équipe A et l'équipe B se rencontraient, en présentiel et à distance, échangeaient des courriels, se prêtaient aux jeux des Zooms, Teams et WhatsApp.

Mais elles, les deux patronnes, à part avoir pris connaissance des échanges, validé les décisions, elles ne s'étaient jamais vues ni parlé.

La réunion avait commencé tout à fait normalement, d'après les informations obtenues. Aucune prise de bec ni accrochage. EV et NdS se faisaient face, cordialement, dans une certaine sérénité. Au début, ni l'une ni l'autre ne prenaient la parole, préférant laisser leurs lieutenants et associés s'exprimer.

C'est vers la fin, paraît-il, que ça s'est gâté.

Personne ne sait pourquoi.

1982

Il va falloir dire à votre fille de se tenir.

C'est pas parce que c'est l'élève la plus populaire de la classe avec le plus de copines qu'elle peut se permettre des trucs pareils. Oui, c'est une lettre anonyme, mais parfois c'est plus simple de vider son sac comme ça. Pour qui elle se prend, hein ? Qui sème le vent récolte la tempête. Juste pour vous prévenir, quoi. Venez pas pleurer sur nos épaules.

2023

On sait que NdS n'aime pas parler d'elle. Elle vient d'un milieu modeste, d'une petite ville de province rabougrie, mal desservie par le TGV. On murmure qu'elle a toujours nourri un complexe d'infériorité qui la ronge encore. Elle a pris sa revanche grâce à des études brillantes (Sciences-po, ENA) et lorsqu'elle s'est mariée, jeune, vers vingt-trois ans, elle n'a plus porté son nom de jeune fille. Comme si elle avait honte de ce nom. Très vite, ce patronyme a disparu de tout ce qui concerne NdS : il a été nettoyé, effacé. Il n'apparaît nulle part. Elle a changé son prénom, paraît-il : mais impossible de savoir comment elle se prénommait avant. On ne trouve pas non plus de photos d'elle jeune en ligne. Là aussi, gros nettoyage. NdS a visiblement le bras long. Longtemps, elle a vécu à Londres avec son mari, avant de revenir à Paris. Puis elle a monté GoNow, avec le succès qu'on connaît.

Les caméras de l'Immeuble Blanc la montrent dans l'ascenseur avec son staff juste avant la réunion. Toujours tirée à quatre épingles, élégante, voire distinguée. Ses épais cheveux au carré avec frange sont d'un beau brun mordoré. (Son célèbre coiffeur ne prend que des people ou des gens qui, comme elle, ont brillamment réussi.) Elle porte une robe gris perle en satin de soie qui épouse à la perfection sa silhouette. NdS est grande, élancée, musclée. Elle fait du sport à outrance : du tennis, de la natation, dans les meilleurs clubs de la capitale, les plus chics, et elle a même un coach personnel. Assez myope, elle ne porte pas de lunettes mais des lentilles de contact. D'ailleurs, pendant la lutte sans merci, elle en a perdu une. On ne l'a évidemment jamais retrouvée.

1982

Comme c'est bon de l'écraser. La naine a beau essayer, elle n'y arrivera jamais. C'est moi qui rafle les prix d'excellence. Le tableau d'honneur, il est pour moi, à chaque trimestre, et elle enrage. Les félicitations du proviseur, pour moi aussi. Que peut-elle y faire ? Rien. 19,5 de moyenne, c'est impossible à battre.

Tu peux aller te rhabiller, espèce de minus.

2023

EV est haute comme trois pommes et entièrement refaite. Rien n'est naturel chez elle. Tous les six mois, elle se rend chez son chirurgien esthétique et se fait rectifier la bouche, le nez, le volume de son visage, subit des injections. On a du mal à imaginer à quoi elle devait ressembler, avant. Ses cheveux, d'un roux flamboyant, pendent jusqu'à sa taille. Quel âge a-t-elle ? Impossible à dire. Elle a moins de rides qu'un bébé. À l'instar de sa rivale, EV a aussi savamment bâti sa légende. Elle parle souvent de sa naissance à Casablanca, mais on ne trouve pas trace d'une venue au monde dans ces contrées. Sur Instagram, elle s'affiche avec des rappeurs, des acteurs, des footballeurs. Et sa fille qui lui ressemble comme deux gouttes d'eau.

Melissa adore sa maman. Les hashtags ne trompent pas : #bestmumever #loveyoutothemoonandback #Mamapower #soproud #mamanjetaime. Melissa, devenue influenceuse célèbre, poste trois photos par jour, et EV y figure souvent. Ensemble, elles se rendent à des soirées, des événements, des défilés où mère et fille s'affichent dans des tenues coordonnées qui ravissent leurs followers sur Tik Tok et Instagram.

Les enfants de NdS ? C'est une autre affaire. Ici, la discrétion et le sérieux priment. Aliénor vit à Manhattan, travaille dans une grosse banque, rayon « *mergers and acquisitions* ». Elle gagne déjà un salaire conséquent et bosse dix heures par jour. Tout comme son petit frère, Victor, qui dirige une start-up florissante, axée sur le *co-living*. Il vit entre Londres et Paris.

Et les époux, dans tout ça ? Celui de NdS se prénomme Gilles, un polytechnicien brillant, avec ses entrées au gouvernement. Il possède un carnet d'adresses influent. C'est un homme distingué, glabre, sobrement vêtu, aux petites lunettes d'intellectuel. Il est respecté, mais redouté.

Quant à EV, son statut marital n'est pas clair. On ignore qui est le père de sa fille. Elle s'affiche parfois au bras d'un riche Monégasque, aussi refait qu'elle, qui l'emmène en vacances sur un yacht à Capri, ou en villégiature à Dubaï, dans une tour luxueuse qui domine la métropole.

1982

Tu sais quoi ? La grosse ne sera pas invitée à ma méga-fête d'anniversaire pour mes onze ans. Je vais inviter tout le monde, j'ai bien dit TOUT LE MONDE *sauf elle.*

Et je vais distribuer mes invitations devant elle. Ça va être horrible. Elle va chialer toutes les larmes de son corps.

Elle va comprendre qu'elle n'aura jamais sa place.

Elle n'aura jamais d'amis, elle ne sera jamais invitée à aucune fête et tout le monde se moquera d'elle.

Bien fait.

Elle n'aura que ses bonnes notes et son tableau d'honneur et son atroce araignée autour du cou pour lui remonter le moral.

2023

Alors, *qui* a commencé ?

Les images de télésurveillance de la salle Lilas ont pu être examinées à la loupe. La réunion tirait sur sa fin. Le chauffeur de EV patientait déjà en bas dans une limousine. NdS était venue avec son vélo électrique, accompagnée de son adjointe, également cycliste. La perspective de la fusion s'annonçait de façon sereine. Les avocats, satisfaits, se disaient que tout cela avait été rondement mené. Les zones d'ombre avaient été éclaircies ; les quelques obstacles aplanis. On allait signer plus vite que prévu. Ce soir, champagne pour tout le monde.

EV et NdS avaient encore la tête plongée vers leurs tablettes pour étudier quelques derniers détails.

C'est au moment où le nouveau logo a été dévoilé sur les tablettes et sur les écrans par les équipes de NdS qu'il y a eu de l'agitation.

Le logo est un arachnide noir sur fond bleu. C'est assez surprenant, mais efficace. Une étrange beauté se dégage de cette araignée tout en finesse mais impressionnante.

D'après la vidéo, au moment où le logo est apparu, un mot fut murmuré par une voix féminine : deux syllabes, peut-être, mais il était impossible de déterminer qui les avait prononcées. Ni de comprendre ce mot.

C'est à ce moment précis que tout est parti en vrille.

Elles se sont levées en même temps comme lors d'un ballet parfaitement synchronisé, presque au ralenti, et leurs gestes au début paraissaient si gracieux que personne n'avait eu peur sur le moment.

Un cri de rage s'était ensuite fait entendre : elles avaient à cet instant la bouche grande ouverte toutes les deux, en une horrible grimace qui déformait leur visage, et on ignore qui avait poussé ce premier hurlement terrible et glaçant.

On connaît la suite. Les équipes atterrées, médusées. Le choc. La confusion. La stupéfaction.

L'un des collègues s'était tout de même levé pour tenter de les séparer. Il n'a pas pu. *Elles vont se tuer !* hurla une collaboratrice tétanisée. *Arrêtez-les ! Arrêtez-les !* Trois personnes avaient dû intervenir, puis quatre, cinq.

Ce fut une lutte endiablée pour les tenir à distance l'une de l'autre.

Elles étaient méconnaissables.

Hors d'elles.

Déformées par la haine.

1983

Madame, Monsieur,

Pendant un certain temps, nous avions décidé de régler nous-mêmes la situation entre vos filles respectives. Mais cette situation perdure depuis le CM2, et maintenant qu'elles sont au collège, en sixième, cela devient impossible à gérer.

Nous avions assisté, horrifiés, à une bagarre de plus, en pleine cour de récréation.

Vos filles se battent comme des brutes, se laissent aller à un langage de charretier, et troublent l'ambiance des classes.

Nous avions tout envisagé. Nous les avions séparées, avions prévenu les professeurs, mis en garde les surveillants : rien n'y a fait. Pour des raisons que nous ignorons, elles se sont déclaré la guerre. Elles n'ont même pas douze ans, nous nous permettons de vous le rappeler. Ce sont des enfants ! Vos enfants !

Que faire ? Vous le savez, nous avons tout essayé. Les prendre toutes les deux pour les écouter. Les prendre à part pour les écouter. Le psy. L'infirmière. Le directeur. La directrice. Moi-même, la conseillère d'éducation.

Nous ne savons plus quoi faire. Nous jetons l'éponge. La seule solution, c'est que l'une d'entre elles parte et quitte l'établissement.

Nous pouvons vous aider à le faire.

Réfléchissez-y, je vous en prie.

Votre bien dévouée,

SD

1995

Chère toi,

Je suis assez machiavélique comme fille. J'ai des idées carrément tordues. Je pense que je ferai une excellente romancière ou scénariste, honnêtement.

Elle ne sait pas que je sais où elle habite à présent. Que je n'ai rien oublié du collège. Que je n'oublierai jamais de ne pas avoir été invitée à sa fête de merde. La seule de la classe qui n'avait pas reçu de carton. La seule ! Et j'en ai soupé, après. Tout le monde parlait de cette fête, je voyais passer des photos… J'étais exclue. Celle à qui on n'adressait pas la parole sinon pour lui balancer sans cesse qu'elle était moche, grosse, laide, et que ça ne servait à rien d'être la première de la classe, car tout le monde la détestait.

Cette humiliation, je l'ai portée longtemps. Trop longtemps.

Une spirale infernale. La liste de mes crimes ? Elle est longue. Divin, de faire des folies avec son numéro de téléphone. Ah, mais oui, on peut faire une foule de choses avec un banal numéro ! Il y a les classiques que tout le monde connaît, bien sûr. Faire livrer des pizzas à des heures indues, publier une petite annonce pour du repassage à un prix défiant toute concurrence et préciser qu'on doit être jointe dès six heures du matin, donner ce numéro à des forums de rencontres de tous genres, « animaux de compagnie », recherche de jeunes filles au pair, de discussions « recettes de cuisine » pour mamies bavardes, de revendeurs automobiles infatigables, j'en passe et des meilleures. Le tout est de faire très gaffe d'où et comment on donne ces infos pour ne pas se faire pincer par un numéro quel qu'il soit. Il suffit d'y penser.

Oui, d'accord, je le vois à ta tête. Comportement totalement ridicule, enfantin, débile. Oui, tu as raison. Mais moi ça m'a aidée. À digérer, petit à petit, et à avancer. Et ensuite, à l'oublier. Elle.

Mais je te dois le coup de grâce, la dernière chose que j'ai pu faire. Je savais qu'elle les détestait. Qu'elle en avait peur. Même en photo, elle ne supporte pas les araignées. Une trouille bleue. Moi, comme tu sais, je les adore. Je les trouve belles. Elles m'ont toujours fascinée.

En plus, ça ne coûte pas bien cher, ces bestioles, j'étais étonnée, à peine cent francs pour une *acanthoscurria geniculata*. J'en ai acheté deux directement chez un ami, un éleveur spécialisé, des bébés, mais déjà grosses et poilues. Magnifiques ! Le plus dur, ça a été de les glisser sous la porte de cette garce. Mais j'y suis parvenue, munie de gants en plastique.

Je n'ai jamais su combien de temps elle a mis pour les découvrir, ni ce qui s'est passé exactement. J'en ris encore… Je pleure de rire.

Je suis partie en vacances avec Gilles, un jeune homme charmant et brillant que je viens de rencontrer.

Loin.

Repos mérité après mes études si prenantes. Tu t'en doutes.

Je te raconterai.

Oui, je sais. Ça ne sera jamais fini, avec elle. Depuis le collège.

Avec elle, j'aurai toujours dix ans.

La reverrai-je un jour ?

Qui sait ?

Charlie et le Temple céleste

Autour d'eux, la foule est immense, silencieuse, paisible. Au fil des heures, elle devient de plus en plus compacte, une masse qui remplit les rues à perte de vue. Sur les visages, on ne lit pas la peur, même lorsque les corps se pressent les uns contre les autres, même lorsque respirer devient difficile.

Une averse balaie le grand carrefour, et s'en va, cédant la place au soleil. Personne n'avance, tous patientent dans le calme. Un ciel rose illumine la ville.

Ils restent debout pendant des heures, sans bouger. Jamais ils n'ont vu autant de monde dans un seul et même endroit. Les téléphones portables ne marchent plus, le réseau est saturé.

Les grands-parents fatiguent, cela se voit sur leurs traits tirés, mais ils se tiennent droits et stoïques. À la tombée de la nuit, ils comprennent qu'ils ne pourront pas défiler, le cortège est trop gigantesque pour s'ébranler, il n'y a rien d'autre à faire que d'attendre avec ces milliers d'inconnus. Ils savent déjà qu'ils ont vécu un moment historique, un de ceux qu'on n'oublie jamais.

Au bout d'une heure encore, ils quittent enfin la place, lentement, à petits pas, emportés par le ressac serein de la vaste marée humaine. Il faut trouver un endroit pour s'asseoir, se ressourcer, après quatre heures debout dans le froid. La plupart des cafés sont fermés, ou affichent complet.

Au coin d'une rue, ils aperçoivent une devanture discrète. *Le Temple céleste,* un petit restaurant chinois. La patronne, dame d'un certain âge, au visage rond et enjoué, leur fait signe d'entrer. Elle leur propose de s'asseoir, s'affaire, toujours souriante, leur sert un thé chaud, parfumé aux chrysanthèmes, leur raconte que dans son pays, ces fleurs ne veulent pas dire la mort, elles sont un symbole de joie et d'éternité.

Sur la table, la patronne place une assiette de gingembre, leur explique que ses parents faisaient pareil lorsqu'ils recevaient des amis, une ancienne tradition chinoise. Cela fait trente ans qu'elle vit en France, elle a mis longtemps à maîtriser la langue, ce fut long, laborieux, elle a beaucoup pleuré, mais elle y est arrivée.

Il fait bon dans cette salle à l'éclairage tamisé, loin du bruit des pas et des éclats de voix. Mais il va falloir se remettre en route, cheminer jusqu'à l'autre bout de la ville, car les transports en commun sont bondés, et les taxis pris d'assaut.

En enfilant son manteau, la grand-mère remercie la dame chinoise pour son thé fleuri, son gingembre, son accueil chaleureux. Elle voudrait lui glisser un billet, mais la patronne refuse.

Sur le pas de la porte, alors qu'ils s'apprêtent à retrouver la nuit, le grand-père se retourne et demande à la patronne de leur dire comment elle s'appelle.

Le visage rond s'illumine d'un dernier sourire. Avec son accent chantant elle leur répond :

« Je suis Charlie. »

Un écrivain écrivant

Cher Yves Navarre,

Je dois vous avouer que de votre vivant, je ne vous connaissais pas. Lorsque vous aviez reçu le prix Goncourt pour *Le Jardin d'acclimatation*, en 1980, j'avais dix-neuf ans, je poursuivais mes études littéraires en Grande-Bretagne, et je n'avais pas entendu parler de vous. Lorsque vous avez mis fin à vos jours, le 24 janvier 1994, à cinquante-quatre ans, j'en avais trente-deux, et je ne connaissais toujours pas votre nom.

Vingt-cinq ans plus tard, j'ai rendez-vous avec vous.

Enfin.

La lecture tardive du roman couronné du Goncourt, qui fait l'objet de cette préface[1], est un choc. Je le reçois en plein

1. Paru en préface du *Jardin d'acclimatation*, H & O Poche, 2019.

cœur. Pourtant, ce titre tout en douceur, qui fait penser à l'enfance, ne révèle rien.

Le Jardin d'acclimatation.

Je cherchais des ouvrages sur l'homophobie familiale, car c'était un des sujets principaux du roman que j'étais en train d'écrire, *Sentinelle de la pluie*. Un ami proche, écrivain lui aussi, m'a parlé de vous, et de votre livre. Je me souviens de ses mots. Il m'a dit : « C'est un livre terrible. Magnifique, et terrible. » Il avait raison.

Alors, je vous ai lu. Je vous ai lu avec bonheur et effroi.

J'ai découvert votre univers, à la fois provocateur, dur, mais tendre et fragile, aussi.

Dans ce roman bouleversant, vous dites l'indicible : ce qu'un homme respectable, père aimé, ministre admiré, est capable de faire endurer à son jeune fils, parce que ce dernier est homosexuel. L'abominable secret de la très bourgeoise famille Prouillan.

Impossible de sortir de cette lecture indemne.

C'est dans votre roman que j'ai lu des lettres d'amour si belles que j'ai noirci des pages entières en les recopiant. Difficile d'en choisir un extrait. Peut-être celui-ci.

Ceci est ma dernière lettre. Tu peux rentrer chez toi. Vivre. Circuler. Ne plus avoir peur de rien. Nous nous croiserons peut-être dans la vie, ou dans la rue. Alors, s'il te plaît, seulement, rends-moi, de loin, le sourire que je te donnerai. Ceci est ma dernière lettre. Je te rends ce que tu crois être ta liberté et je reprends ce que je ne crois pas être la mienne.

Après cette lecture coup de poing, j'ai voulu en savoir plus sur vous.

J'ai écouté vos interviews, je me suis familiarisée avec votre voix, votre regard, votre façon de tenir votre cigarette.

Vous avez dit dans une interview que vous êtes devenu écrivain tout de suite, en naissant. Votre solitude était votre mode de vie. Vous dites aussi que toute œuvre est biographique. Vous avez sans doute mis beaucoup de vous dans ce roman.

Lors de votre Goncourt en 1980, un journaliste connu et peu subtil dans son approche vous demande si cela vous énerve quand on vous dit que vous êtes l'écrivain d'un seul thème, l'homosexualité.

Vous restez silencieux un instant. Seuls vos yeux trahissent votre irritation.

Vous esquissez un sourire amer qui se perd dans les volutes de la fumée de votre cigarette. Vous lui répondez que vous êtes l'écrivain d'une sensualité qui vous est propre.

Vous lui dites que vous êtes avant tout écrivain, que vous décrivez un amour indifférencié selon les êtres.

Le journaliste vous demande si *Le Jardin d'acclimatation* est le meilleur de vos romans. Vous le toisez avec une ironie mal cachée. Vous dites que vous êtes un écrivain écrivant, que ce livre est l'enfant de vos quarante ans, et qu'aujourd'hui est un jour de fête.

Enfin, vous souriez. Vous êtes beau.

Je cherche d'autres vidéos de vous. Vous lâchez parfois des phrases provocatrices, imprégnées par l'amertume et la tristesse. Dans une émission nocturne, à un bar, vous lancez : « Je suis le pédé socialiste de la famille et qui soi-disant a le SIDA. » « Mes frères avaient terriblement envie que je meure. »

Du tac au tac, vous dressez votre portrait chinois.

Un défaut : mangeur de gâteau

Une injure : charognard

Une maladie : l'isolement

Un insecte : une mouche

Une arme : une arme blanche très aiguisée comme le crayon que vous taillez tous les soirs avant d'aller vous coucher.

Un poison : critique littéraire

Vous articulez : « On ne décide pas d'écrire un roman. On se retrouve ayant écrit un roman. »

Vous admettez être relativement drôle dans la vie et relativement sérieux dans vos livres. Vous décrire ? Vous tirez sur votre cigarette, songeur. Vous êtes un célibataire qui vit avec un chat, plongé dans son encrier. Vous trouvez terrible de venir parler de son travail à la télévision, et pour y paraître sincère, il faut être fourbe. Vous ne savez pas l'être.

Vous avouez que vous doutez de tout.

Lors d'un autre entretien, filmé sur votre canapé, dans un appartement clair et blanc : « J'ai besoin d'être dans un endroit où je peux me réfugier. »

Très posément, vous dites que tout artiste est un provocateur, que la sincérité est un peu méprisée dans un monde où on fabrique l'art beaucoup plus qu'on ne produit avec spontanéité.

Vous dites que vous êtes né bourgeois, que votre enfance choyée et luxueuse fut finalement malheureuse, et que vous n'avez jamais accepté les hypocrisies de votre famille. Je ne puis m'empêcher de penser aux Prouillan.

Vous vous redressez avec fierté, vous dites que vous ne vous êtes jamais caché d'être homosexuel, que vous avez des droits, dans une société dite moderne, d'être ce que vous êtes. Pour vous, quand on est sincère dans sa démarche artistique, on est scandaleux.

Je me promène du côté de la rue de l'Hôtel-de-Ville, votre dernière adresse. Je regarde cette façade qui a abrité vos souffrances et vos secrets jusqu'en janvier 1994. Vous avez laissé derrière vous une empreinte qui palpite encore, une trace qui a encore tant de choses à nous dire. Vous avez toujours écrit à l'encre de votre chagrin.

J'entends votre voix qui dit à cette journaliste, lors de l'entrevue chez vous :

« Un auteur n'a qu'une seule chose à offrir en partage, sa vie. »

Merci, Yves Navarre.

Tatiana DE ROSNAY
Paris, juin 2019

Le Noël de Sébastien

De sa chambre de bonne, au septième étage sous les toits, Sébastien dispose d'un face-à-face étonnant avec la tour Eiffel qui ne se trouve qu'à trois cents mètres de lui et, certains soirs, à l'heure bleue, tandis qu'elle scintille de mille feux, il a l'impression qu'il pourrait la toucher du doigt. C'est nouveau, pour lui, Paris, mais Paris en temps de pandémie, c'est encore autre chose. Sébastien se sent bien seul. Le confinement l'empêche de voir ses quelques amis, en vrai, et il commence à en avoir assez des apéros virtuels sur l'écran de son téléphone. Il est l'aîné d'une nombreuse fratrie, et ses parents, qui vivent en province, ont du mal à joindre les deux bouts. Toute sa famille avait été fière lorsqu'il avait été accepté en première année dans cette prestigieuse institution, mais qui aurait pu prévoir que les cours de sa faculté allaient de nouveau basculer en mode numérique, et qu'il devrait les suivre dans dix mètres carrés ?

Il vivait tout en haut d'un immeuble haussmannien des abords du Champ de Mars, le long de ces avenues lugubres, surtout à la nuit tombée. Une amie de sa mère avait suggéré l'adresse de cette minuscule chambre à louer pour une modique somme. À part la vue, c'était un lieu plutôt inconfortable : mal isolé, mal chauffé, avec toilettes délabrées sur le palier, mais Sébastien était heureux de se trouver là, enfin indépendant, à dix-neuf ans. Il s'était réjoui d'aller admirer les vitrines ensorcelantes des grands magasins qui le faisaient rêver lorsqu'il était gamin ; il s'imaginait qu'il allait savourer le spectacle de Parisiens élégants aux bras chargés de cadeaux, mais ce Noël 2020 n'avait décidément pas la même saveur. Les grandes enseignes avaient baissé leur rideau et Sébastien passerait les fêtes seul, sans ses parents et sans ses frères et sœurs. Le billet de train pour le Sud était hors de prix.

L'immeuble semble inhabité et Sébastien se demande si ses voisins ne sont pas partis se confiner dans leurs résidences secondaires. Lorsqu'il sort pour quelques courses, il ne croise jamais personne.

Et puis un matin.
Elle.
La vieille dame.

Elle est d'une grande élégance, jusqu'à sa façon de se tenir ; jamais il n'a vu une personne au dos aussi droit. Elle attend l'ascenseur au rez-de-chaussée, masquée, chapeautée, une main gantée posée sur son caddy de provisions, l'autre sur sa canne. Elle sursaute en le voyant. Sébastien s'excuse, gêné. Il recule, pour bien respecter les gestes barrière, même si l'entrée de l'immeuble est assez vaste.

« Bonjour, madame. »

Les yeux d'un bleu pétillant, à peine délavé par le poids des années.

« Vous, jeune homme, je ne vous ai jamais vu », dit-elle de sa voix grave.

Il balbutie qu'il vit au dernier étage, dans une chambre de bonne. Elle lui demande s'il n'a pas trop froid, il répond que non. Et il ajoute qu'il dispose d'une magnifique vue sur la tour Eiffel. Elle sourit derrière son masque.

Il lui tient la porte afin qu'elle puisse emprunter l'ascenseur, lui faisant signe qu'il montera à pied, cela lui fait un peu de sport ! La vieille dame habite au cinquième. Elle lui fait un au revoir de la main en refermant le battant. Il n'est donc pas tout seul dans ce grand immeuble sinistre. Le secteur de la tour Eiffel est déserté depuis l'apparition du virus. Les touristes ne viennent plus. Les commerçants baissent leur rideau. Jamais Sébastien n'a vu un quartier aussi triste. Il aurait préféré vivre de l'autre côté de la Seine, près de chez Thomas ou Lola, à la Bastille, ou au Canal-Saint-Martin. C'est certainement plus vivant, par là.

Dix jours passent lentement avec leur cortège de grisaille, frimas et mélancolie. Drôles de vacances dans une solitude absolue. Sébastien regarde des films et des séries, sans conviction, sur son ordinateur. Il sort une fois par jour, pour marcher et faire quelques emplettes. Les clients du supermarché voisin sont peu aimables, il trouve. Personne ne se parle, tout le monde est planqué derrière son masque, et chacun pour soi. Il essaie de garder le moral en parlant à sa famille, ses amis, par écrans interposés, mais il trouve cela bien difficile.

Deux jours avant Noël, la neige se met à tomber sur Paris. Pour Sébastien, natif du Sud, c'est un spectacle magique. Debout devant sa lucarne, il regarde les flocons, ébaubi. Il envoie photo après photo à ses proches. Ce n'est pas une neige timide et instable, au contraire, elle tombe dru, poudreuse et blanche, comme dans les contes de fées de son enfance, et les trottoirs sont vite recouverts d'un épais manteau blanc. La ville confinée l'est encore davantage ; les voitures ne roulent plus, les passants sont rares, le silence règne. Sébastien sort sur le Champ de Mars qui ressemble à un vaste paysage nordique. Il est entièrement seul dans l'infini de blanc. La neige monte jusqu'à ses mollets. Il n'en revient pas.

La tempête de neige fait la une, chasse le virus dans les gros titres. Jamais Paris n'a connu un blizzard pareil. Le trafic est paralysé. Les gens se terrent chez eux. Tout est bloqué. Sébastien se demande comment la vieille dame du cinquième va parvenir à faire ses courses. Il se dit qu'elle doit certainement avoir une personne à son service qui s'occupe d'elle. Mais au bout d'une journée de blizzard, alors que Paris se met à ressembler à la Sibérie, et qu'il n'arrive même plus à distinguer la tour Eiffel de sa fenêtre, il décide d'aller sonner à sa porte.

Elle met longtemps à ouvrir. Sa voix, derrière le battant. Elle demande qui c'est. Il répond que c'est le jeune homme du septième étage. Il veut juste savoir si elle a besoin de quelque chose.

Elle ouvre. Elle porte une robe de chambre assortie à ses yeux, et elle attache son masque avec des mains qui tremblent. Elle semble âgée, tout à coup. Derrière elle, une enfilade de pièces sombres. Et un gros chat tigré qui s'avance et qui contemple Sébastien d'un air inquisiteur.

« Je vous présente Mistral, dit-elle.

— Moi, c'est Sébastien, répond-il, en esquissant une petite courbette. Je m'apprêtais à chausser mes skis pour aller faire des courses. Je vous rapporte quelque chose, madame ?

— Volontiers. J'apprécie votre humour, Sébastien. Je vous prépare une liste ? »

Muni de la liste et d'un cabas, Sébastien affronte les intempéries pour se rendre au supermarché voisin. On se croirait dans un de ces films catastrophes américains, lorsque des métropoles entières sont englouties par les éléments. Il se rend compte qu'il n'est pas du tout équipé pour affronter une neige pareille. Ses chaussures glissent et le froid polaire s'immisce sous sa veste trop légère.

La vieille dame l'attend, le chat à ses pieds. Elle s'est changée et porte une longue robe en laine bleue et un cardigan assorti. Toujours aussi élégante. Il lui demande si elle souhaite qu'il porte les emplettes dans la cuisine. Elle acquiesce. Il la suit le long d'un couloir interminable. La cuisine lui paraît immense. Vit-elle seule ici ? Il n'ose pas s'en enquérir. De retour dans le grand salon, la dame lui demande ce qu'il fait dans la vie. Il répond qu'il est étudiant. Elle dit qu'il a un joli accent chantant du Sud. Il remarque des photographies encadrées sur les meubles alentour, des visages souriants et enfantins.

« Ils sont loin, dit-elle, en suivant son regard. Sur un autre continent. Hélas.

— Ils ne seront pas là pour Noël ?

— Non. »

Elle jette un regard vers la table dans la salle à manger voisine. Une table qui peut accueillir au moins trente convives, pense Sébastien.

Il ose enfin :

« Et votre mari ? »

Il n'arrive pas à deviner son expression derrière le masque.

« Mon mari est décédé il y a bien longtemps. Je suis une très vieille dame, vous savez.

— Vous n'avez pas l'air si vieille que ça, je trouve », bredouille-t-il, conscient de sa maladresse.

Elle fait un geste de sa longue main gracieuse. Puis elle remarque les chaussures trempées de Sébastien, ses cheveux mouillés, sa pauvre veste humide.

« Mon Dieu ! Mais vous allez attraper froid comme ça, jeune homme ! Allez, hop, un bain chaud ! »

Il proteste, mais elle ne veut rien savoir. Il y a dans une des chambres les affaires d'un de ses arrière-petits-fils, ce sera parfait.

Sébastien se retrouve seul dans une salle de bains carrelée de blanc. Seul ? Pas tout à fait. Le chat, Mistral, s'est installé près du radiateur et semble le surveiller. Le jeune homme n'a pas pris de bain depuis des mois, ne disposant que d'une petite douche inconfortable sous les combles. Il a oublié le bien-être que procure un moment dans une baignoire remplie d'eau chaude et savonneuse. Il a l'impression d'être au paradis. Plus tard, de retour chez lui, vêtu des habits de Julien – l'arrière-petit-fils qui vit en Australie avec le reste de la famille –, il pense à sa conversation avec la vieille dame, dans le grand salon bleu. Elle lui a posé beaucoup de questions sur ses études, ses proches, ses passions. Au début, il se sentait gêné, puis il s'était laissé aller petit à petit. Cela lui faisait un bien fou de discuter avec un être humain, de chair et de sang, et pas un écran. Même avec le masque, il devinait ses expressions, il voyait ses yeux pétiller. Elle avait parlé d'elle à son tour. Elle lui avait dit son nom. Mme Delor. Elle avait toujours vécu dans ce vieil immeuble, elle y était même née. Elle était issue d'une famille nombreuse, et elle en avait fondé une, elle-même. Jamais elle n'aurait pu anticiper qu'une pandémie lui imposât une telle solitude. C'était la première fois qu'elle allait passer Noël seule. Elle s'y préparait, mais c'était dur.

Dans sa chambre sous les toits, le 24 décembre, Sébastien songe à Mme Delor et son cœur se serre. Il pense à toutes les personnes qui seront isolées le soir de Noël, à cause de la pandémie, et pour d'autres raisons. Ce soir, sa famille a proposé d'échanger par Zoom, pour qu'ils puissent tous se voir en même temps. Mais cela va quand même faire bizarre.

La nuit tombe sur le Champ de Mars étincelant et la tour Eiffel s'illumine comme un gigantesque sapin pour ce drôle de Noël que beaucoup de gens ne passeront pas ensemble. Devrait-il descendre pour être avec Mme Delor ? Il n'ose pas. Il a peur de l'importuner. Il se prépare un petit dîner en attendant l'appel familial, mais le cœur n'y est pas. Devant les nombreux visages familiers et joyeux qui s'affichent sur son écran, il essaie malgré tout de faire bonne figure. La conversation ne dure pas bien longtemps. Il se retrouve seul sous les toits, face à la tour Eiffel majestueuse dans un décor lunaire. Il ne s'est jamais senti aussi abattu de sa vie, et il redoute la nuit qui vient, noire et glaciale.

Tout à coup, Sébastien entend un bruit insolite dans le couloir qui mène aux chambres du septième étage. Des pas hésitants et le martèlement sec d'une canne. Il met son masque et ouvre, intrigué.

C'est Mme Delor, debout dans le couloir, Mistral sur ses talons. Elle porte une incroyable redingote pourpre qui traîne jusqu'au sol.

« Ah, vous voilà, jeune homme. Je ne savais pas à quelle porte frapper !

— Vous me cherchiez ?

— Oui ! Il me semble que vous êtes aussi seul que moi ce soir.

— C'est vrai, admet-il, avec un sourire.

— Que diriez-vous, Sébastien, de passer un moment en ma compagnie ? Nous fêterons ainsi Noël ensemble. Avec nos masques, à distance, et avec Mistral. »

Sébastien sent l'émotion l'envahir. Il reste cloué sur place, incapable de parler.

Puis il se reprend.

« Avec joie, madame.

— Je m'appelle Odette.

— Alors, merci, Odette. »

Il ne sait pas pourquoi, mais il a les larmes aux yeux. Et pour la première fois depuis longtemps, il se sent heureux.

Léo et le cerf

Chère Madame H,

Je vous envoie ce mail, car je ne sais pas à qui d'autre l'adresser. Depuis le début du confinement (je déteste tellement ce mot, si vous saviez), vous êtes finalement la personne avec qui j'échange le plus. Jamais je n'aurais cru que ma prof de français deviendrait un jour ma confidente.

Merci à vous de me répondre si gentiment tous les jours. Vous avez tellement d'autres choses à faire, en particulier les cours quotidiens que vous nous donnez via la plateforme scolaire. Je n'en reviens pas que vous me consacriez autant de votre temps. Je vous écris ce matin pour vous parler de ce qui est arrivé. Je suis encore sous le choc.

Vous vous souvenez du jour, en début d'année scolaire (ça me paraît tellement loin, c'est fou, dans une autre vie !) où vous nous aviez demandé d'écrire une rédaction sur nos maisons préférées ? J'avais râlé comme tous les autres, mais au fond c'était un sujet qui me plaisait. J'avais décidé d'évoquer la maison de mon grand-père, dans la Drôme. Mon grand-père est un type qui ne parle pas beaucoup. Un dur à cuire. Le contraire de ma grand-mère, bavarde. Mais j'ai toujours eu un rapport fort avec lui. On n'a pas besoin de discuter pour se comprendre, lui et moi. Leur maison est en hauteur, dans une nature sauvage. Rien ne capte là-bas, ni les portables, ni la télé. Rien. Parfois l'électricité ne fonctionne pas. On n'entend que le mistral et les cigales. Vous vous souvenez ? Vous m'aviez donné 16/20 à cette rédaction. J'étais super fier.

La nuit dernière, j'ai rêvé de la maison de mon grand-père. Mais c'était l'hiver. Une neige épaisse recouvrait les champs de lavande. On ne voyait que du blanc à perte de vue. C'était une vision étrange. Je ne connais cette maison que l'été, lorsque tout est vert et touffu. Dans mon rêve, je suis sorti sur la terrasse. Je n'avais bizarrement pas froid. Je suis descendu vers le champ. Mes pas ne faisaient aucun bruit sur l'épaisseur de la couche de neige. Même le mistral se taisait. Le silence était profond. Le jour tombait. Il y avait un pâle soleil d'hiver que je ne reconnaissais pas et qui ne brillait pas comme d'habitude. Les oiseaux ne chantaient plus. Une impression de fin du monde. Et je flairais autour de moi l'odeur des arbres, de la végétation endormie.

Toujours dans ce rêve troublant, j'ai pris le chemin vers la forêt, là où mon grand-père a l'habitude de m'emmener. Au-dessus de ma tête, les arbres unissaient leurs branches nues et sombres. Je n'avais pas peur. Ni froid. Pourtant, je ne portais que mon pyjama. Petit à petit, la nuit s'avançait, et les ombres s'allongeaient sur le tapis blanc. La neige s'est remise à tomber. Des flocons énormes et cotonneux. Sur la paume de ma main, ils formaient des cristaux qui dansaient. Ma paume ressemblait à celle d'un petit garçon, alors que vous connaissez mon âge, quinze ans.

Une partie de moi voulait sortir à tout prix de ce rêve angoissant. Mais c'était comme si quelque chose, ou quelqu'un m'appelait. C'est alors que je l'ai vu, un peu plus haut, au cœur de la forêt silencieuse. Un animal. Une biche ? Un sanglier ? Je me suis approché pour voir de plus près. L'animal ne semblait pas avoir peur de moi. Il m'attendait. C'était comme s'il savait que j'allais venir, là, cette nuit, le retrouver.

C'était un cerf. Immobile, comme une statue. Son pelage était gris brun. Ses bois formaient une solide couronne autour de sa tête. Il était majestueux, impressionnant. Je n'en avais jamais vu d'aussi beau. Je me suis approché, petit à petit. Il était figé. Ses yeux ne me quittaient pas. J'étais à présent tout près de lui. À un mètre. Plus je le regardais, plus je trouvais son aspect familier. C'est difficile de vous décrire ce que je ressentais, mais je vais essayer. Les traits du cerf, la forme de son museau, l'expression de ses yeux, tout ça, c'était mon grand-père. C'était comme si le visage de mon grand-père s'était greffé sur le cerf.

Nous nous sommes regardés longtemps, face à face, sous la neige poudreuse. Il y avait tant d'amour, tant de tendresse dans ces yeux, que je me suis mis à pleurer. J'ai étendu la main doucement, et j'ai caressé son encolure. Je la sens encore sous mes doigts.

Quand je me suis réveillé, je ressentais une sorte de paix, mais aussi le poids d'un chagrin dont je n'arrivais pas à me débarrasser. J'ai demandé à ma mère si on pouvait appeler Papy. Tout de suite. Elle m'a dit qu'elle avait déjà essayé de joindre ses parents ce matin, sans réponse. Elle recommencerait. Ma mère semblait inquiète. Je l'étais aussi. Je n'ai pas parlé du rêve, de cette évasion nocturne dans la forêt, de ce cerf aux traits humains.

Le téléphone a sonné dans l'après-midi. J'ai entendu les sanglots de ma mère, le cri de mon père.

Je savais. Je le savais déjà. Mon grand-père est mort cette nuit. À cause de l'épidémie, nous n'allons pas pouvoir nous rendre dans la Drôme à ses obsèques.

En attendant votre appel, je suis dans ma chambre. Je suis sur mon lit. Je ferme les yeux, et je pense à lui. À ce cerf. Il me donne sa force et son amour. Je les prends et je grandis.

Bien à vous,
Votre élève,

Léo

Le projet POLLEN

23 février 2039

Maman, papa, mes parents chéris,

Lorsque vous recevrez cette lettre, je serai déjà loin. Pardon pour l'écriture atroce, mais j'ai très peu de temps et je griffonne à toute vitesse dans la pénombre. J'ignore quand est-ce qu'on pourra se revoir, mais ne vous inquiétez pas ! Je suis en sécurité. J'ai pris toutes mes précautions. Et quand ils débarqueront chez vous, parce qu'ils viendront, je le sais, n'ayez pas peur. Il vous suffira de leur dire que j'ai disparu et que vous n'avez aucune idée d'où je pourrais être. Ce qui est vrai, après tout !

Cette lettre, il faut la déchirer, la brûler. Comme au bon vieux temps de votre adolescence, dans les années 1980 ! Ils vont fouiller, chercher dans vos mobiles, vos ordis. Pas de souci, je me suis occupée de tout. Ils ne trouveront rien de compromettant, et dans le téléphone de Jess non plus. (Embrassez-la bien fort pour moi ! Dites-lui que sa grande sœur se met à l'abri pour un certain temps, par sécurité. Elle comprendra, je le sais.)

Vous devez vous poser tant de questions, mais comme je suis tellement pressée, je peux juste vous dire ceci : vous allez être fiers de moi. J'ai pris des risques inouïs, mais c'est pour la bonne cause. Et quoi qu'il advienne, il faut que vous sachiez que je recommencerais, si c'était à refaire.

Je vous embrasse tendrement.

Je vous recontacterai dès que je le pourrai.

Votre fille qui vous aime.

Élise

15 mars 2039

Mes petits parents chéris,

J'espère que vous n'avez pas été trop inquiets pendant ce long silence ! La personne qui vous a remis cette nouvelle lettre est une alliée précieuse. Ne lui posez aucune question. Ayez confiance.

Elle fait partie, comme moi, de cette nouvelle résistance. Je vais bien et je suis à l'abri. Ils ne me trouveront pas même s'ils n'ont pas cessé de me chercher. Rassurez-vous !

Lorsque j'ai été embauchée il y a deux ans pour intégrer BEEWARE, j'étais, vous vous en souvenez, la plus jeune scientifique de ma promotion à avoir été acceptée dans ce groupe prestigieux. J'étais fière et honorée de faire partie de cette firme célèbre. Oui, vous vous en êtes doutés, ce n'était pas facile de me faire à la résidence de travail dans laquelle les jeunes scientifiques devaient vivre. BEEWARE apporte beaucoup d'avantages, un bon salaire, jouit d'une réputation planétaire, mais l'envers du décor est tout autre. La résidence dans laquelle nous vivions était certes confortable, mais nous étions fliqués en permanence. C'était insupportable. C'est pour cela que vous n'avez pas eu de mes nouvelles, au début. Et puis, j'avais signé une charte comme quoi je ne pouvais rien divulguer sur ce que nous vivions dans la résidence. Il fallait se taire, et bosser. Bosser comme des fous.

J'ai été recrutée par BEEWARE pour mon expertise en ce qui concerne les nanosciences et les nanotechnologies, les outils du monde de l'infiniment petit. Ma spécialité et ma passion, comme vous le savez si bien. Le programme BEEWARE, de l'extérieur, se veut généreux et altruiste, puisque la sauvegarde des abeilles est son enjeu majeur. Moi aussi, je suis tombée dans le panneau, j'ai cru que mon travail entier tendait vers cela, sauver les abeilles en danger depuis des années, et donc sauver la biodiversité. Je me sentais animée par le désir d'aider, de me battre.

Mais petit à petit, j'ai commencé à avoir des doutes. Il se passait des choses louches chez BEEWARE. Des desseins clandestins, et qui n'avaient rien d'altruiste, bien au contraire.

Je dois vous laisser, chers parents, pour le moment. Je vous écris à nouveau bientôt, par le même réseau. Soyez patients.

Faites-moi confiance.

Embrassez Jess !

Votre Élise

P.-S. : Brûlez cette lettre.

Le projet POLLEN

4 avril 2039

Mes petits parents adorés,

Comme vous me manquez, Jess aussi ! Je rêve d'entendre le son de votre voix, de vous étreindre. Ici tout va bien. Je suis sur un autre continent, mais vous n'avez pas besoin de savoir où. J'ai donc assez vite compris que l'ambitieux projet sur lequel je travaillais, nommé le projet POLLEN, dissimulait une autre vérité. Évidemment, je ne pouvais en parler à personne. En tant que scientifique, j'avançais dans mon domaine spécifique c'est-à-dire la construction de laboratoires perfectionnés à l'échelle de l'infiniment petit. Je vous avais fait rire, je m'en souviens, en vous expliquant que tout ce que je mettais en œuvre tenait dans un grain de riz ! Ma spécialité est de fabriquer des nanorobots, des minidrones de cinq millimètres de long, ayant la forme d'abeilles. Ces nanorobots sont capables d'effectuer le même travail que nos pauvres abeilles défaillantes et mourantes, c'est-à-dire récolter et déposer du pollen de fleur en fleur. Ce qui permet de sauver notre biodiversité, tout simplement ! J'ai programmé ces drones avec mon équipe pour qu'ils puissent butiner, reconnaître des parfums, des odeurs, des plantes. Lorsque nous avons lâché nos premières nanoabeilles dans la nature, ce fut un moment inoubliable. Les résultats furent incroyables, au-delà de nos espérances. Vous avez dû voir ces vidéos où les vraies et fausses abeilles se côtoient en toute harmonie pour travailler ensemble. Du coup, les colonies d'abeilles ont pu se reformer, même s'il y a encore tant à faire.

Je n'avais pas le droit de communiquer sur ces merveilleuses nouvelles, et c'était très frustrant. Du coup, vous n'apprenez que maintenant par ces lignes que votre fille est à l'origine des drones abeilles, avec ma fabuleuse binôme new-yorkaise, Skylar, qui elle aussi a dû se mettre en sécurité, suite à ce que nous avons décidé de faire. Elle n'est pas avec moi, et je prie qu'elle soit bien à l'abri de son côté.

Mais la suite de l'histoire est sombre. Je vous la livre dans ma prochaine lettre.

Je vous en prie, n'oubliez pas de brûler celle-ci.

Je vous écris dès que je peux.

Je vous aime et Jess aussi.

Votre Élise

6 mai 2039

Parents de mon cœur,

Pardon pour cette attente. Mais c'est difficile et périlleux de vous contacter. J'ai dû trouver un autre réseau, en catastrophe. L'autre n'était plus sûr. Je vais maintenant vous expliquer pourquoi Skylar et moi avons dû prendre la fuite. Au moment du lancement du projet POLLEN, nous étions certaines de nous retrouver au sein d'une formidable équipe de scientifiques tout aussi dévoués que nous. Mais nous avons vite compris que ce n'était pas le cas. Nos nanoabeilles, censées protéger la planète, avaient été infiltrées sans qu'on s'en aperçoive. Par qui ? Certainement des membres haut placés de BEEWARE qui n'avaient pas hésité à sombrer dans la déloyauté.

Nous avons découvert, horrifiées, que notre logiciel, spécifiquement créé pour piloter les nanoabeilles, avait subi un paramétrage secret pour endosser un rôle bien plus obscur : tout d'abord, espionner, enregistrer et filmer, puis être capable d'injecter par des piqûres indolores toutes sortes de substances, et notamment des biopuces. Ces dernières peuvent, comme vous le savez, effectuer certaines fonctions dans le corps, comme réguler l'endormissement, l'activité musculaire, la parole, mais elles peuvent, hélas, être détournées et programmer des maladies irréversibles, voire la mort. Nous étions en train de comprendre, atterrées, que nos abeilles piratées pouvaient modifier non seulement l'ADN mais la personnalité et la vie d'innombrables êtres humains à leur insu. Le choc ! Nous avions très peu de temps pour réagir. Chacun de nos gestes était épié. Il fallait modifier le paramétrage sans que nos adversaires s'en rendent compte. Il fallait redonner à nos minuscules drones leur rôle primordial : sauver la planète et la biodiversité. À la dernière minute, alors que nous pensions échouer, désespérées, nous avons pu compter sur des alliés inattendus et extraordinaires. Ils ont risqué leur vie. Nous avons réussi à brider le logiciel usurpé et à le rendre imprenable, mais nous avons été identifiées et nous avons dû prendre la fuite, en pleine nuit. Il s'en est fallu de peu. Nous sommes face à des ennemis de l'ombre impitoyables, puissants et malveillants, qui représentent une attaque permanente contre nos valeurs, contre notre démocratie, contre tout ce que vous m'avez inculqué. Tant qu'ils ne seront pas démasqués, je dois rester cachée.

Vous savez tout. Je suis loin, mais vous êtes dans mon cœur.

Je vous aime, plus que tout, et ma Jess aussi.

Votre Élise

15 juillet 2039

Chers Monsieur et Madame M,

Vous ne me connaissez pas, mais moi j'ai l'impression de vous connaître tant votre fille m'a parlé de vous. Je suis Skylar, son binôme. Votre fille est une personne extraordinaire. Je n'ai jamais rencontré une jeune femme aussi courageuse, aussi brillante. Je sais qu'elle a dû vous raconter les raisons de notre fuite.

Je vais aller droit au but. Le mois dernier, Élise a été blessée par nos ennemis, déterminés à la récupérer. Car il n'y a qu'elle pour avoir accès au logiciel du projet POLLEN. Elle va mieux, mais elle est faible. Elle est entre de bonnes mains, soyez rassurés. Elle m'a chargée de vous écrire.

Nous avons la chance de bénéficier d'un réseau de plus en plus vaste et sûr. La résistance est en route, plus forte que jamais. Nous mettrons BEEWARE à terre. Nous sommes déterminés à les empêcher de nuire. L'avenir de notre planète en dépend.

Les abeilles sont toujours en vie grâce à nous. Les nanoabeilles d'Élise font des miracles. Nous continuerons à mettre tout notre savoir au service de la planète, pour la protéger. Je suis loin d'être la seule jeune scientifique à l'affirmer. Nous sommes une immense armée qui se lève pour protéger la Terre.

Je vous joins une photo récente d'Élise et moi. Vous voyez, elle n'a pas perdu son beau sourire malgré ses blessures.

(Et, oui, vous l'avez compris, nous nous aimons.)

J'espère à bientôt !

Élise vous embrasse et moi aussi.

Skylar

Sa Majesté et *La Joconde*

Dans un appartement mansardé qui surplombait Londres dévasté par le Blitz, ma grand-mère a commencé à tenir un journal en 1946, d'une écriture fleurie, dans des carnets à couverture rigide. Avec un humour british pince-sans-rire et un sens aigu de l'observation, Cynthia souhaitait raconter l'envers du décor de la vie d'une épouse de diplomate.

Le manuscrit a été publié en 1995[1], quelques années après son décès. Sur le moment, je l'ai parcouru, sans trop m'y attarder. Mon aïeule était cultivée, passionnée par la France. Je ne savais pas grand-chose de sa vie. C'est après leur départ que nous nous rendons compte, trop tard, à quel point nos grands-parents avaient des histoires à nous raconter. Récemment, lors

1. Tatiana de Rosnay, *The Diaries of Cynthia Gladwyn*, par Miles Jebb, Constable Editions, 1995.

d'un déménagement, je suis tombée sur ce livre oublié. J'y ai remarqué que la reine Élisabeth revenait régulièrement dans ces pages. Son nom est cité pour la première fois en février 1949. Mon grand-père, Gladwyn Jebb, quarante-huit ans, était conseiller diplomatique britannique. Il venait d'être nommé premier secrétaire général des Nations unies, ce qui lui valait cette visite à Sandringham, la demeure royale et privée des Windsor, située dans le Norfolk.

Cynthia dresse le portrait de la jeune princesse : *Elle a de beaux cheveux châtains qu'elle porte courts et bouclés ; le teint rose d'une Anglaise, les traits harmonieux. L'expression de son visage reflète un mélange charmant du désir de plaire et d'une conscience posée de son rang et de ses responsabilités. Tout cela accompagné d'un délicieux sourire, d'une voix exquise au timbre doux et d'une démarche légèrement gauche qui rappelle qu'elle reste avant tout une jeune fille.*

Les mémoires de ma grand-mère se lisent comme un roman que je dévore. Je découvre un chapitre fabuleux, digne des séries *Downton Abbey* et *The Crown*, et qui révèle la préparation et le déroulé de la première visite d'État en France de la jeune reine Élisabeth en avril 1957. Depuis 1954, mon grand-père était en poste à Paris en tant qu'ambassadeur du Royaume-Uni, fonction qu'il occupa jusqu'en 1960. J'appris, à travers la plume appliquée de ma grand-mère, à quel point tout devait être parfait pour le séjour parisien de la jeune souveraine et de son époux. Cynthia relate un printemps resplendissant avec soleil au rendez-vous. Les préparatifs, confie-t-elle, ont commencé dès Noël avec l'aide de ses assistantes dévouées. Les époux royaux séjourneront au palais de l'Élysée voisin, mais Cynthia a tout de même du pain sur la planche.

C'est à Orly, aux côtés du Président René Coty, de mon grand-père et d'un rassemblement de dignitaires, que Cynthia attend l'arrivée d'Élisabeth II. Le tailleur de la reine, en laine beige et col garni de vison, n'est pas assez *chic*, selon elle. Ma grand-mère trouve le jeune prince Philip plutôt beau gosse, tout en notant son côté informel, ses plaisanteries, ses incartades au protocole. Une cohorte de voitures officielles reprend la route vers Paris tandis qu'une foule joyeuse accueille la reine tout au long du chemin. Place de la Concorde, les cris de « Vive la reine » font sourire ma grand-mère qui confie à son carnet que les Français ont la mémoire courte, puisque c'est là même qu'ils ont guillotiné leur propre souveraine en 1793. (Ne pas aborder les sujets qui fâchent ! L'entente cordiale doit régner.)

Cynthia est subjuguée par la beauté et la prestance de la jeune femme de trente et un ans. Le soir même, elle écrit : *À mes yeux, elle est presque parfaite. Petite, bien faite, bien proportionnée. Elle est beaucoup plus jolie dans la vraie vie que sur les photographies. Son timbre est extraordinairement charmant, aussi bien placé qu'une chanteuse, avec la pureté d'une cloche. Sa maîtrise du français et son accent sont admirables et ont surpris tout le monde. Elle a hérité du sourire exquis de la reine mère, mais elle n'a nullement l'intention d'éblouir. Ses qualités sont bien supérieures. On est en présence d'une personnalité tout en finesse, à la belle simplicité, bienveillante et altruiste, fermement décidée à faire la bonne chose, à ne jamais laisser tomber autrui. Et en même temps, elle fait preuve d'une certaine perspicacité, prompte à saisir tout ce qui se passe autour d'elle.*

Le lendemain, dès potron-minet, branle-bas de combat à l'ambassade, rue du Faubourg-Saint-Honoré. Cynthia s'attarde sur les innombrables échanges de courriers, les coups de fil, sans oublier les messages aigris de ceux qui n'ont pas été conviés à la réception du soir même. L'organisation des tables est un casse-tête auquel ma grand-mère s'attelle avec dextérité. Quatre-vingts personnes chanceuses souperont au côté de la reine au premier étage. Au menu : saumon, chaud-froid de volaille, salade, sorbet et champagne. Mille autres convives triés sur le volet se contenteront de l'opulent buffet au rez-de-chaussée ouvrant sur le jardin. Smoking et robe longue de rigueur pour tout le monde. Mon élégante grand-mère a prévu tiare, crinoline et gants.

C'est l'heure ! L'orchestre joue avec entrain tandis que les invités foulent les marches du perron. Arrivée du couple royal enfin, après une excursion nocturne sur la Seine avec le Président. Ma grand-mère s'extasie devant la robe fourreau pailletée de la reine, qui lui va « à ravir », précise-t-elle, ainsi que sa pelisse d'hermine. Moment inoubliable, lorsque la reine se penche pour faire un frais au teckel de la fille de l'ambassadeur, la toute jeune Stella, future maman de l'auteure de ces lignes. Jasper a même le droit de s'asseoir sur les genoux royaux.

La visite des monarques est un marathon : cérémonie à l'Arc de triomphe, une autre à l'Élysée, une autre encore à l'Hôtel de Ville. Déjeuner à Versailles, dans la galerie des Glaces, puis un petit tour au Trianon. Mais de toute l'aventure détaillée par ma grand-mère, il y a ce passage extraordinaire, digne d'une scène de film. Un grandiose dîner est donné au Louvre dans la salle des Caryatides, où le décor a été chamboulé : accrochage de tentures en velours et statues déplacées pour laisser la place à une poignée de musiciens. Trois mille personnes assistent au repas.

À table, Élisabeth avoue que c'est la première fois qu'elle vient au Louvre, et qu'elle n'a jamais posé les yeux sur *La Joconde*. Stupéfaction ! Ma grand-mère raconte que deux hommes sont envoyés sur-le-champ à l'autre bout du musée afin de décrocher l'inestimable portrait rien que pour les beaux yeux de la reine. Une entreprise inimaginable de nos jours… Ils le hissent le long des galeries, couloirs et escaliers, pour enfin le caler (plutôt cavalièrement, souligne Cynthia) contre une chaise afin que Sa

Majesté puisse admirer à sa guise ce mystérieux sourire.

J'ai beau chercher, je n'ai pas trouvé de photographie qui immortalise cet instant unique, mais les mots de ma grand-mère suffisent à faire revivre le rendez-vous intime, inattendu et inoubliable entre Élisabeth II et Mona Lisa.

Génie et Magnificent

« Mrs Farrell, vous devriez vraiment reprendre un peu de ce dessert, il est délicieux », dit en souriant l'aide-soignante, une jeune femme infatigable.

Mrs Farrell, redoutée dans la résidence pour sa bougonnerie, se contenta de hausser les épaules, en se détournant. Elle n'était pas commode, pensa la jeune Lily en allant proposer le dessert à d'autres pensionnaires plus aimables. L'octogénaire était arrivée à Sunny Hills Home il y avait tout juste un an, après le décès de son époux, David.

Mrs Farrell n'avait nullement eu l'intention de se retrouver en maison de retraite médicalisée, mais ses deux enfants, Isabella et Andrew, ne lui en avait pas laissé le choix. Derrière son dos, ces bougres avaient choisi cet endroit atroce, sous prétexte de ce n'était pas loin de chez eux, et qu'ils pourraient venir la voir régulièrement avec leurs enfants, ses petits-enfants. Elle avait dû renoncer à son joli cottage près de Windsor qu'elle aimait tant, son labrador, son chat, ses rosiers et le *tea time* avec ses voisins.

Elle croupissait dans cette résidence aux murs saumon dont la teinte lui donnait envie de se pendre. Elle s'installait à part pour les repas, fuyait la salle de convivialité et n'avait tissé aucun lien avec les autres retraités, d'affreux grabataires selon elle, qui s'abrutissaient pendant des journées entières devant la télévision au volume sonore poussé au maximum. Elle ne parlait à personne et ne prenait jamais part aux activités de la résidence : atelier peinture, gymnastique douce, jeux de cartes. Elle n'avait même pas voulu mettre un orteil dans la grande piscine très agréable, pourtant un des attraits de la résidence. Nager avec ces vieux fossiles, jamais ! Un ennui fétide, selon elle.

Mrs Farrell restait le plus souvent dans sa chambre, le nez plongé dans un livre. Lors des promenades quotidiennes dans le jardin de Sunny Hills, elle refusait qu'on la pousse dans une chaise roulante comme les autres. Elle n'était pas encore complètement gâteuse, bon sang, elle pouvait encore se mouvoir ! Elle ne semblait se ranimer qu'en présence du coiffeur, Daz, avec qui elle avait rendez-vous une fois par semaine pour sa mise en plis.

Quel rayon de soleil, ce Daz ! Il était jeune, beau, métis, bavard, avec un jean moulant et une mèche rebelle qui lui tombait dans l'œil. Et en plus, il coiffait bien, il ne lui imposait pas ces crans hideux qui rajoutaient dix ans et faisaient ressembler à un caniche. Il lui racontait ses sorties, ses histoires d'amour foireuses, ses problèmes avec ses parents ; elle écoutait, ravie. Peu importe qu'il préfère les garçons, cela n'avait aucune importance ; elle s'en fichait, pas comme cette vieille bique intolérante, Mrs Bates, qui renâclait à se faire coiffer par lui.

« C'est quoi votre prénom ? demanda Daz un matin, tout en massant son cuir chevelu, ce qu'il faisait divinement bien.

— J'ai un prénom horrible, avoua-t-elle, les yeux fermés.

— Je ne vous crois pas ! Vous avez tant d'élégance.

— Je m'appelle Millicent. N'est-ce pas épouvantable ?

— Mais pas du tout ! s'écria Daz. Ça vous va super bien !

— Pff ! dit-elle. Quel flatteur vous faites !

— Et on vous donnait quoi comme petit nom ?

— Millie ou Mimi, des trucs ridicules comme ça. Je déteste les surnoms. Mais je me souviens qu'il y avait une fille au pensionnat qui m'appelait « Magnificent ». Ça, j'aimais bien.

— Je comprends. Pour votre âge, vous êtes encore magnifique, alors ça a dû être quelque chose quand vous étiez jeune !

— Daz, vous faites ce baratin à toutes les vieilles de la résidence, voyons ! Pour avoir un pourboire, certainement !

— Non, c'est sincère, Lady Magnificent. Je rêve d'avoir une grand-mère comme vous. La mienne est au bout de sa vie et se plaint tout le temps. Les autres ici sont des mémères sinistres. Vous, vous êtes une dure à cuire d'une classe folle.

— Oh, allez, ça suffit, Daz !

Mais intérieurement, il y avait une sensation chaude et vibrante qui rayonnait et qui lui faisait du bien. Dans la glace, Millicent aperçut son reflet ; un visage resté ovale malgré les rides et les ravages du temps, un regard bleu acier, des pommettes hautes, une bouche mince rehaussée de rouge, et une chevelure blanche comme neige relevée en un chignon torsadé. Plutôt pas trop mal, pour quatre-vingt-sept ans.

Comme le temps passait lentement et cruellement ici ! Comme les journées paraissaient longues ! Heureusement qu'il y avait ses livres chéris. Millicent avait pu faire transporter la plupart de sa bibliothèque ; elle avait fait des pieds et des mains pour qu'on lui installe des étagères pour caser tous ses romans préférés. Pendant des après-midi entiers, elle se mettait près de la fenêtre, sous la lampe, avec un plaid sur les genoux, une tasse de thé fumante à ses côtés, et elle lisait. Ou plutôt, elle relisait. Elle avait commencé par Agatha Christie, une de ses romancières préférées ; puis elle avait attaqué les sœurs Brontë, Jane Austen, Daphné du Maurier, Oscar Wilde, Edith Wharton.

Grâce à ces merveilleux écrivains, elle s'échappait ; elle partait loin dans d'autres contrées, elle respirait l'air marin (et non plus l'odeur de soupe et de choux de Bruxelles), elle entendait autre chose que les complaintes de Mrs Nesbitt qui se plaignait en permanence avec une voix chétive, ou les interludes musicaux de Mr Brayers, persuadé qu'il possédait le talent de Chopin.

Elle rêvait d'avoir une kalachnikov sous la main pour faire un carnage.

Les livres étaient toujours là pour elle. Ils ne la laissaient jamais tomber.

Millicent n'avait pas essayé de se faire des amis à Sunny Hills, pour la simple raison qu'elle se sentait différente des autres ; elle avait l'impression qu'ils avaient décidé de ne plus s'intéresser à rien, de se défaire à jamais de leurs passions, leur verve, leur joie de vivre, de sombrer définitivement dans la vieillesse pour devenir cacochymes, se ratatiner dans le train-train, se contenter de vivoter et de mourir ici, distraits, inattentifs, à petit feu. Elle ne supportait pas cette apathie autant intellectuelle que physique, et plus les jours passaient, plus elle se révoltait, et pas toujours intérieurement. Oui, elle devenait maussade, parfois impolie ; l'équipe soignante la redoutait, sauf Daz, le seul à voir son sourire et à entendre son rire.

Une nouvelle retraitée fit un jour son apparition à Sunny Hills, dans la salle de convivialité après le repas de midi. C'était une petite dame replète, dont le visage poupin était entièrement mangé par d'immenses lunettes à double foyer. On murmurait qu'elle venait de se faire opérer de la cataracte et que c'était pour cela qu'elle marchait avec prudence, aidée par une canne. Elle vint s'asseoir auprès de Millicent, qui ne lui accorda même pas un deuxième regard, en se replongeant avec délices dans *Rebecca*, par Daphné du Maurier. Ah, cette effrayante Mrs Danvers, ce pompeux Max de Winter !

Millicent se rendit compte au bout d'un moment que la nouvelle venue la dévisageait avec insistance derrière ses lunettes. Elle trouva cela parfaitement désagréable et lui tourna le dos, mais sentait encore son regard lourd sur elle, comme deux petits points qui lui brûlaient les omoplates. Mais que lui voulait-elle, enfin, cette vieille taupe ? Au bout de dix minutes, n'y tenant plus, elle se réfugia dans sa chambre.

À chaque repas, la dame ronde tentait de se rapprocher d'elle, et Millicent battait en retraite. Pas question de se laisser importuner. La dame ne portait plus ses lunettes ; elle avait des yeux perçants, noirs et lumineux, qui semblaient tout noter, ne rien rater. Millicent demanda discrètement son nom à la jeune Lily. Mrs Reeves. Cela ne lui disait rien du tout.

Chaque fois qu'elle faisait un pas, Mrs Reeves était là, en embuscade, comme si elle la guettait. Toujours ces yeux noirs, étincelants. Elle bougeait remarquablement vite, pour une personne qui avait autant d'embonpoint. Millicent parvenait tout de même à la semer. Ce manège dura une semaine, et les autres pensionnaires s'en amusaient beaucoup. *Oh, look !* Mrs Farrell qui ne veut toujours pas adresser la parole à Mrs Reeves, quelle snob, vraiment !

Un matin, Millicent décida de prendre le taureau par les cornes ; elle n'allait pas se faire manipuler par cette dondon, certainement pas ! Mrs Reeves prenait son petit déjeuner seule près du buffet, en lisant son journal. Millicent nota qu'elle mangeait du porridge et qu'elle n'avait pas lésiné sur le miel. Elle s'installa face à elle avec cérémonial. Au bout de quelques instants, Mrs Reeves leva les yeux et lui sourit ; la peau de son visage poupin était rose et rayonnante. Elle n'était pas si effrayante que ça, finalement, et elle avait toutes ses dents, ce qui était rare à leur âge, nota Millicent.

« *Hello*, dit Mrs Reeves avec une voix malicieuse, une voix de fillette qui aime faire des bêtises. Comment ça va ? »

Les yeux noirs brillaient de plus belle.

« Que voulez-vous ? demanda Millicent, sans ambages. Pourquoi me suivez-vous tout le temps ? Qu'avez-vous à me dire ? »

Sans un mot, Mrs Reeves posa sa serviette, qu'elle plia méticuleusement avec ses doigts boudinés ; elle souriait toujours, ce qui agaça prodigieusement Millicent. Encore une pauvre vieille qui devenait gâteuse. Il n'y avait que ça, ici.

Elle allait se lever et quitter la table lorsque la dame prononça à voix basse un mot qui la figea ; elle se dit qu'elle n'avait pas bien entendu, alors elle se rapprocha.

« Pouvez-vous répéter ce que vous venez de me dire ?

— MAGNIFICENT ! » s'époumona Mrs Reeves.

Millicent sursauta, comme les pensionnaires de la table voisine, mais pas pour les mêmes raisons. Comment diable connaissait-elle ce surnom, cette vieille chouette ?

« C'est Daz qui vous a parlé ?

— Je ne sais pas qui est Daz, rétorqua l'impertinente Mrs Reeves.

— C'est le coiffeur de la résidence.

— Jamais vu.

— Mais alors…

— Dis donc, Magnificent, tu as perdu la boule ou quoi ? Ou tu fais exprès de ne pas me reconnaître ? Je sais, ça doit bien faire soixante-dix ans, tout ça, au moins, mais moi je n'ai rien oublié. Rien du tout. Ça te dit quelque chose, nos vacances à Bramfield House ? »

Silence.

Millicent porta ses mains à ses lèvres. *My God !* Bramfield House. Mais non, ce n'était pas possible. Ce ne pouvait pas être elle. C'était fou. C'était inouï. Elle n'en revenait pas, elle restait assise, muette, sous le choc.

« Tu as un peu grossi », murmura-t-elle, médusée.

Mrs Reeves gloussa.

« Un peu ! T'es gentille ! J'ai toujours été boulotte, mais avec les années, cette fichue graisse s'est installée. Rien à faire. Toi, par contre, rien à dire sur ta ligne. C'est naturel, ou tu as tout fait refaire, dis ?

— IMOGEN ! cria à son tour Millicent, faisant à nouveau sursauter le couple d'à côté, apeuré.

— Oui, c'est bien moi. Tu en as mis du temps. Je commençais à croire que tu étais devenue complètement gaga. »

Ce n'était plus une octogénaire grassouillette assise devant elle, mais une adolescente tout en rondeurs, une brune au teint de pêche, aux yeux noirs et pétillants, au sourire canaille. Ce n'était plus Mrs Reeves et ses doigts boudinés, mais Imogen Fernsby et son audace, son grain de folie et sa drôlerie ; la fille la plus brillante de la classe, celle qui avait le plus de panache, celle qui ne reculait devant rien, celle qui fut renvoyée avec pertes et fracas en dépit de l'excellence de son carnet de notes, Imogen Fernsby, dite Génie, le cauchemar des enseignantes du pensionnat. Sa meilleure amie, à seize ans.

Millicent se tapota les yeux avec la serviette.

« Oh, Génie, j'ai envie de pleurer. C'est tellement extraordinaire de te retrouver ! Mais pourquoi nous sommes-nous perdues de vue ? Et toi, pourquoi es-tu ici ? Qui a osé t'enfermer là ?

— Sèche tes larmes, Magnificent. Nous sommes là, ici et maintenant. Je ne peux plus vivre seule, je suis trop vieille. C'est moi qui ai choisi l'endroit, à cause de la piscine. Tu te souviens, j'adore nager. Allez ! On ne va pas se mettre à pleurnicher ! On est ensemble !

— J'ai l'impression de revivre rien qu'en entendant ta voix. »

Imogen éclata de rire. Ce rire ! Tonitruant, irrésistible, communicatif. Millicent fit de même.

« Je m'ennuie tellement ici, si tu savais, dit-elle, enfin.

— Eh bien, Magnificent, c'est terminé, l'ennui. Fini ! Pffuit ! Adieu ! À partir de maintenant ! Tu es prête ? »

Daz, le coiffeur, n'en revenait pas.

« Quoi ! Vous étiez copines de pension ? Vous ne vous êtes pas vues depuis soixante-dix ans ? Mais c'est dingue ! »

Il était en train de coiffer Imogen, qui se laissait faire très gentiment.

« Dingue est le mot, dit Millicent.

— Mais pourquoi avoir attendu si longtemps pour vous retrouver ? fit Daz, intrigué.

— J'ai été renvoyée du pensionnat, gloussa Imogen, et mes parents m'ont mise dans un train dare-dare pour m'enfermer dans un couvent suisse !

— Les salauds, souffla Daz.

— Après, nous nous sommes perdues de vue, rajouta Millicent. Aujourd'hui, vous retrouvez facilement vos amis d'enfance sur Facebook, mais dans les années 1950,

1960 et même après, on n'avait pas tout ça. C'était impossible de trouver la trace d'une amie.

— Surtout que moi je me suis mariée trois fois, et j'ai changé de nom à chaque mari, s'amusa Imogen. J'ai été baronne von Knapp, signora Lombardo et enfin Mrs Reeves !

— Je n'aurais jamais pu te retrouver, en effet, pouffa Millicent.

— Et c'est quoi votre meilleur souvenir ensemble ? » demanda Daz, qui s'appliquait à terminer le brushing d'Imogen.

Sans se concerter, elles répondirent en chœur :

« Les vacances à Bramfield House.

— C'était votre pensionnat ?

— Pas du tout, dit Imogen. C'était un manoir dans le Suffolk, où nous avons passé un été. L'été 1950, pour être précise.

— Tu te souviens ? murmura Millicent. De tout ?

— Pff ! Évidemment, que je me souviens de tout, Magnificent !

— Des vacances de folie ! Inoubliables !

— Oh, là, là, racontez-moi ! s'exclama Daz. Je suis trop curieux. »

Les deux octogénaires échangèrent un coup d'œil malicieux.

« On vous raconte si vous venez à la piscine demain avec nous, dit Imogen.

— Hein ? La piscine ?

— Tout à fait, dit Millicent. À neuf heures, il n'y a personne, elle est à nous. Température très agréable, vous verrez !

— Mais on nage encore, à vos âges ? rigola Daz.

— Jeune homme, vous allez trop loin.

— Pardon », fit-il, déconfit.

Le lendemain matin, muni d'un seyant maillot imprimé fauve, d'un peignoir et de sandales en plastique, Daz se dirigea vers la grande piscine située à l'ouest de la résidence. On y accédait par un couloir. Les deux amies étaient déjà là, seules dans l'eau, et il constata, non sans admiration, qu'elles savaient vraiment nager ; Imogen effectuait un crawl parfait, tandis que Millicent exécutait une brasse coulée des plus souples. Mais ce qui lui plut le plus, c'était leurs sourires, leurs rires, leur incroyable joie de vivre. L'ayant aperçu, elles lui firent des signes pour qu'il vienne se joindre à elles, et il ne se fit pas prier.

Après, lorsqu'ils se reposèrent tous les trois sur des transats face à la baie vitrée, Daz leur glissa :

« Bon, alors ? Ces vacances à Bramfield House ?

— C'est toi qui commences, Génie », dit Millicent.

Imogen prit la parole de sa voix malicieuse de chipie. Il faut imaginer la scène : un quai de gare paumé dans le Suffolk. Juillet 1950. Elles ont seize ans, bientôt dix-sept. Elles sont plutôt pas mal, toutes les deux.

« C'est-à-dire ? demanda Daz.

— Génie est une sorte de Marilyn Monroe brune et moi…

— Tu étais une Audrey Hepburn blonde, rajouta Imogen.

— Rien que ça ! siffla Daz. Mais que faisiez-vous sur ce quai de gare au milieu de nulle part ? »

Imogen reprit son récit. Eh bien, elles avaient été invitées par une richissime copine de classe, Samantha Pryce-Jones, et on leur avait affirmé que le chauffeur de son père allait venir les prendre à la gare de Darsham. Il faisait très chaud, ce jour-là. Elles avaient dû se mettre à l'ombre. La petite gare, en pleine campagne, était déserte. Le temps passa, et personne ne vint les chercher. Elles avaient fini par trouver une cabine et appeler Bramfield House.

« Il n'y avait pas de portables dans les années 1950, précisa Millicent.

— Le Moyen Âge ! gémit Daz. Je ne sais pas comment vous faisiez, mesdames. »

La ligne sonna de façon interminable, et quelqu'un finit par répondre ; la voix lugubre d'un majordome éploré qui leur annonça le décès de Lord Pryce-Jones, le matin même, pendant qu'il prenait son petit déjeuner.

« Alors, vous êtes retournées à Londres ? Fini, les vacances ?

— Pas du tout, glousa Imogen. Ce n'était que le début ! »

Le majordome sinistre (comment s'appelait-il déjà ? *Lovatt*, souffla Millicent) leur dit que quelqu'un allait venir les chercher dès que possible. Une rutilante Bentley fit enfin son apparition. Affamées, assoiffées, déshydratées, elles prirent place sur les sièges arrière recouverts de cuir ivoire. Le chauffeur semblait à peine plus âgé qu'elles ; un jeune gars rigolo avec un accent du Nord et des taches de rousseur, Glenn. Il leur dit que c'était le bazar, au manoir. Tout le monde éploré ? Ah non, vraiment pas, rigola-t-il. À part Lovatt, qui était au service du Lord depuis des années, c'était plutôt le soulagement. Il était temps que le très vieux

Lord s'éteigne. Génie et Magnificent n'en revenaient pas. Samantha n'avait pas souvent évoqué son père, très âgé, mais plutôt sa mère, surnommée Lady PJ, qui semblait délicieusement fofolle.

Millicent raconta la suite à son tour. Bramfield House était un manoir entouré d'un jardin impeccablement tenu, avec piscine et court de tennis. Lorsqu'elles arrivèrent enfin, elles découvrirent une ambiance qui n'avait rien de funèbre : des invités hilares bavardaient en sirotant du champagne, Samantha afficha un large sourire en les voyant, et Lady PJ s'occupait des funérailles de son défunt mari avec allégresse.

« Elle se fichait de son mari ou quoi ? demanda Daz.

— Non, elle l'aimait, mais ils avaient eu deux vies bien séparées, répondit Imogen. Et le très vieux Lord était mort paisiblement en mangeant son muffin. Après les funérailles, expédiées assez vite, un climat de fête permanente s'installa à Bramfield House. Lady PJ avait invité ses amis comédiens. Hum, tu te souviens de leurs noms, Génie ?

— Bien sûr ! Bingo, Angela et Max. Il y avait déjà des convives hauts en couleur, comme la sculptrice Rosamund Ripper, et le baryton français Octave Villeneuve, mais ce n'était pas tout ! Les domestiques étaient tout aussi dingues.

— Mais oui, tu te rappelles la cuisinière ? Quelle rigolote ! Voyez-vous, Daz, nous n'avions jamais connu une telle ambiance. Nous avions été élevées dans des familles plutôt coincées, alors, tout cela, c'était très nouveau pour nous. »

Daz écoutait, transi.

Millicent décrivait à présent le déroulé des journées à Bramfield House. Il fallait tout de même se lever tôt. Ce n'était pas parce que ce beau monde dansait la nuit entière qu'on pouvait se laisser aller à la grasse matinée ! Lady PJ pratiquait le yoga dès potron-minet dans le jardin, et invitait ses amis à la suivre. Ensuite, badminton, tennis, natation. Mrs Rumple, la cuisinière, sonnait le gong à treize heures précises. Les repas étaient exquis. Mais chacun ramenait son assiette à la cuisine, pas question de laisser le lugubre Lovatt (toujours en deuil) se charger de tout. Ils étaient dix-huit ou vingt, une sacrée bande. Dans l'après-midi, il y avait le choix entre courses au bourg le plus proche, balade à cheval dans le parc, ou sieste.

Mais c'était le soir que Génie et Magnificent attendaient avec le plus d'impatience, car, dès la nuit tombée, tout devenait magique ; le manoir était entièrement illuminé par des chandelles, Lady PJ se mettait au piano avec ses amies, dont une savait jouer de la harpe, et une ambiance incroyable régnait alors à Bramfield House. D'abord, les tenues : il fallait revêtir un déguisement nouveau à chaque dîner, et il y avait un rôle à tenir pour chacun ; c'était comme une sorte de pièce de théâtre qui se renouvelait en permanence, un cadavre exquis qui n'en finissait pas de se réinventer.

« Tous les soirs, vous jouiez à être quelqu'un d'autre ? dit Daz, rêveur.

— Oui, répondit Millicent, avec la même rêverie dans la voix. Des princesses des mille et une nuits, des Tziganes, des courtisanes, des acrobates, des gentlemen cambrioleurs, des gladiateurs, des ballerines… Le grenier regorgeait de trésors.

— Et parfois, nous nous battions à propos d'un costume, cela pouvait tourner à la foire d'empoigne !

— Il y avait aussi le dressing de la tante de Lady PJ. Des tuniques en lamé années 1920 sublimes !

— Fallait rentrer dedans, grimaça Imogen.

— Et ton truc à plumes !

— Mais oui ! Et puis, il y a eu le soir où…

— Ah, oui, ce soir-là ! *Oh, my God !* »

Et elles eurent un tel fou rire que Daz crut qu'elles ne s'arrêteraient jamais. Le cours d'aquagym de Miss Varnam allait commencer, et le trio dut quitter les lieux.

Daz voulait la suite, mais Millicent et Imogen insistèrent pour se changer. Elles n'allaient tout de même pas traîner en peignoir et maillot de bain mouillés ! Un nouveau rendez-vous fut fixé dans la salle de convivialité avant le déjeuner. Le trio se forma autour d'une table, bien conscient des regards curieux posés sur eux. Mais que faisait Daz avec Mrs Farrell et Mrs Reeves ? Tout le monde voulait savoir. Imogen reprit le cours de l'histoire. La soirée la plus mémorable du séjour s'était terminée avec un strip-tease.

« Hein ? fit Daz, sonné.

— Vous avez parfaitement entendu, mon petit. Un strip-tease !

— Nous avions bien répété, rajouta Millicent. Pendant des journées entières. Tu te souviens !

— Et comment ! Chaque fois que j'entends cet air, je pense à cet été-là, à Bramfield House et à toi !

— Quel air ? demanda Daz.

— "*Put the blame on Mame.*"

— Ah, je ne connais pas, fit le jeune homme, dépité.

— Mais si, voyons ! Prenez votre smartphone et tapez *Rita Hayworth* ou *Gilda* et vous verrez. »

Le jeune homme s'exécuta.

« Ah, mais oui ! La rousse, les gants, la robe fourreau !

— Nous avions imaginé une chorégraphie sublime, rien de vulgaire, je vous assure. Génie était une rose qu'on effeuillait, et moi, un dahlia noir.

— Oh ! murmura Daz, admiratif.

— C'était d'une beauté, d'une sensualité, s'extasia Génie. Tout le monde était en transe.

— On nous a dit après qu'on aurait pu monter sur scène toutes les deux, faire un vrai spectacle.

— On aurait peut-être dû…

— On aurait eu un succès fou !

— Les reines de Londres !

— Nos noms tout en haut de l'affiche !

— Et notre nom de scène ? On aurait trouvé quoi, à ton avis ?

— Mais enfin ! C'est évident ! Les Bramfield Belles !

— Il n'est pas trop tard, intervint Daz. Vous pourriez donner des spectacles, ici, en souvenir de vos incroyables vacances à Bramfield House. Des bals costumés, des sketchs, des numéros ! »

Il se laissa aller à un grand geste festif et joyeux.

Les deux octogénaires se regardaient, étonnées.

« Mais, au fond, pourquoi pas ?

— Mais oui, pourquoi pas, *my dear* ?

— On s'ennuie à mourir ici !

— Ah, ça, tu l'as bien dit !

— Bon, mais le strip-tease, je ne le sens pas trop, hein ! »

Fou rire général.

« On pourrait imaginer autre chose, en effet. Un mélange de saynètes, de chant, de musique et danse !

— Avec une mise en scène très étudiée…

— Vous devriez aller parler à la directrice de la résidence, Miss Harris. Elle est plutôt sympa, dit Daz.

— Vous pourriez lui parler de nous ?

— Quoi, vous êtes timides ? Vous ! s'esclaffa le jeune homme. Allez frapper à sa porte. Son bureau est au premier étage. »

Millicent et Imogen échangèrent un regard. Elles semblaient hésiter.

C'est alors qu'une vieille dame timide, Mrs Cooper, qui parlait peu, se rapprocha du petit groupe.

« Pardonnez-moi, je n'ai pas pu m'empêcher d'entendre votre conversation. Je suis une ancienne costumière pour le théâtre. Et j'ai ma machine à coudre avec moi. »

Une autre voix s'éleva. Celle de Mr Brayers, qui ne manquait pas d'humour lorsqu'il dit :

« J'ai bien compris que vous trouvez que je massacre Chopin, mais je ne me défends pas trop mal au rayon jazz et blues.

— Et moi, rajouta Lily, la jeune aide-soignante, je joue de la batterie !

— Et moi, je ferai vos coiffures et j'ai des perruques démentes ! cria Daz, surexcité.

— Et moi, je ne sais rien faire, gémit Mrs Nesbitt avec son timbre insupportable, mais je rêve d'un spectacle à la résidence !

— Bien ! fit Millicent en se redressant.

— Tu es prête, Génie ?

— C'est parti ! »

Bras dessus, bras dessous, elles se dirigèrent vers le bureau de Miss Harris.

Ainsi naquirent les soirées artistiques hebdomadaires de la résidence avec, dans les rôles principaux, les Bramfield Belles.

Les représentations eurent un succès si retentissant que la direction fut obligée de refuser du monde.

De leur côté, les médecins gériatres constatèrent immédiatement le bienfait des spectacles mis en scène par Mrs Farrell et Mrs Reeves sur tous les pensionnaires de la résidence de Sunny Hills Home.

Les nouvelles de ce recueil, à l'exception de *Leurs petites vies*, ont paru dans différents ouvrages, magazines et médias :

Le 1 hebdo pour *Zola outre-Manche* (septembre 2022). Le Livre de Poche pour *Thérèse et Madeleine, sœurs d'effroi* (préface à la nouvelle édition de *Madeleine Férat* par Émile Zola, 2023), pour *Charlie et le Temple céleste* (paru dans *Nous sommes Charlie*, 2015) et pour *Le Projet POLLEN* (paru dans *Objectif Terre*, 2021). *Elle* et CMI France pour *Fruit défendu* (paru initialement dans le hors-série « C'est mon histoire », juillet 2022). France Inter, « Boomerang », pour *Notre monde imaginaire*. *Point de vue* pour *Arnaud, mon oncle* (novembre 2004). *L'Express* pour *Dakota* (décembre 2010). Pocket pour *Mme B et la scène du lavoir* (paru dans *Lettre à ce prof qui a changé ma vie*, novembre 2020), pour *Aranéide* (paru dans *13 à table*, 2023), pour *Léo et le cerf* (paru dans *Des mots par la fenêtre*, avril 2020) et pour *Génie et Magnificent* (paru dans *13 à table*, 2022). Les amis d'Yves Navarre et les éditions H&O pour *Un écrivain écrivant* (préface de *Le Jardin d'acclimatation*, 2019). *Notre temps* pour *Le Noël de Sébastien* (décembre 2021). *Légende* pour *Sa Majesté et* La Joconde (2020).

DE LA MÊME AUTEURE :

Aux Éditions Robert Laffont :

Nous irons mieux demain, 2022.

Célestine du bac, 2021.

Aux Éditions Robert Laffont
et Héloïse d'Ormesson :

Les Fleurs de l'ombre, 2020.

Aux Éditions Héloïse d'Ormesson :

Sentinelle de la pluie, 2018.

Moka, 2016.

Son carnet rouge, 2014.

À l'encre russe, 2013.

Rose, 2011.

Le Voisin, 2010.

Boomerang, 2009.

La Mémoire des murs, 2008.

Elle s'appelait Sarah, 2007.

Aux Éditions Albin Michel
et Héloïse d'Ormesson :

Manderley for ever, 2015.

Aux Éditions Albin Michel :

Poussière blonde, 2024.

Aux Éditions Pocket :

Nous irons mieux demain, 2023.
Célestine du bac, 2022.
Tamara par Tatiana, 2021.
Les Fleurs de l'ombre, 2021.
L'Envers du décor, 2020.

Aux Éditions Fayard :

L'Appartement témoin, 1992.

Tatiana de Rosnay
au Livre de Poche

À l'encre russe n° 33301

L'Enveloppe a valu à Nicolas Kolt un succès international et une notoriété dans laquelle il tend à se complaire. C'est en découvrant la véritable identité de son père et en fouillant jusqu'en Russie dans l'histoire de ses ancêtres qu'il a trouvé la trame de son premier roman. Depuis, il peine à fournir un autre best-seller à son éditrice. Trois jours dans un hôtel de luxe sur la côte toscane, en compagnie de la jolie Malvina, devraient l'aider à prendre de la distance avec ses fans. Un week-end tumultueux durant lequel sa vie va basculer…

L'Appartement témoin n° 34438

L'apprentissage de la vie est-il une question d'âge ? Le regard acide d'un proche, des événements aussi inattendus qu'étranges peuvent modifier une existence. Entraîné de New York à Venise sur les traces d'une femme mystérieuse, le héros de cette histoire, un quinquagénaire blasé, découvrira-t-il enfin le bonheur perdu dont la nostalgie n'a cessé de le poursuivre ? Publié en 1992, *L'Appartement témoin*, premier roman de Tatiana de Rosnay, contient déjà toutes les obsessions de l'auteure – le secret des appartements, les blessures du passé, le poids du silence. Elle nous y fait aussi découvrir et vivre sa passion pour Mozart et Venise.

Boomerang n° 31756

Sa sœur était sur le point de lui révéler un secret... et c'est l'accident. Elle est grièvement blessée. Seul, l'angoisse au ventre, alors qu'il attend qu'elle sorte du bloc opératoire, Antoine fait le bilan de son existence : sa femme l'a quitté, ses ados lui échappent, son métier l'ennuie et son vieux père le tyrannise.

Comment en est-il arrivé là ? Et surtout, quelle terrible confidence sa cadette s'apprêtait-elle à lui faire ? Entre suspense, comédie et émotion, *Boomerang* brosse le portrait d'un homme bouleversant, qui nous fait rire et nous serre le cœur. Déjà traduit en plusieurs langues, ce roman connaît le même succès international que *Elle s'appelait Sarah*.

Café Lowendal et autres nouvelles n° 33504

« Le Café Lowendal n'était pas encore trop bruyant, ce matin-là. Il y avait les habitués, avec leurs journaux, leur iPad, et les autres, les clients de passage, les touristes en route vers la tour Eiffel. Et puis elle et moi, à la terrasse ensoleillée. Comme si de rien n'était. Un piéton, en nous apercevant toutes les deux, n'aurait jamais pu imaginer ce qui se tramait. » Dix textes courts et ciselés, une plume légère qui sculpte les contours d'une vie moderne cynique, effrénée, surexposée, où l'émotion vient subitement briser le rythme, comme un temps de révélation, un phare dans la mélancolie.

Le Cœur d'une autre n° 31828

Bruce, un quadragénaire divorcé, un peu ours, un rien misogyne, est sauvé *in extremis* par une greffe cardiaque. Après l'opération, sa personnalité, son comportement, ses goûts changent de façon surprenante. Il ignore encore que son nouveau cœur est celui d'une femme. Mais quand ce cœur s'emballe avec frénésie devant les tableaux d'un maître de la Renaissance italienne, Bruce veut comprendre. Qui était son donneur ? Quelle avait été sa vie ? Des palais austères de Toscane aux sommets laiteux des Grisons, Bruce mène l'enquête. Lorsqu'il découvrira la vérité, il ne sera plus jamais le même…

Elle s'appelait Sarah n° 31974

Paris, juillet 1942 : Sarah, une fillette de dix ans qui porte l'étoile jaune, est arrêtée avec ses parents par la police française, au milieu de la nuit. Paniquée, elle met son petit frère à l'abri en lui promettant de revenir le libérer dès que possible. Paris, mai 2002 : Julia Jarmond, une journaliste américaine mariée à un Français, doit couvrir la commémoration de la rafle du Vél'd'Hiv. Soixante ans après, son chemin va croiser celui de Sarah, et sa vie, changer à jamais. *Elle s'appelait Sarah*, c'est l'histoire de deux familles que lie un terrible secret ; c'est aussi l'évocation d'une des pages les plus sombres de l'Occupation. Un roman bouleversant sur la culpabilité et le devoir de mémoire qui connaît un succès international, avec des traductions dans vingt pays. *Elle s'appelait Sarah* a obtenu le prix Chronos 2008, catégorie Lycéens, vingt ans et plus.

Manderley for ever n° 34131

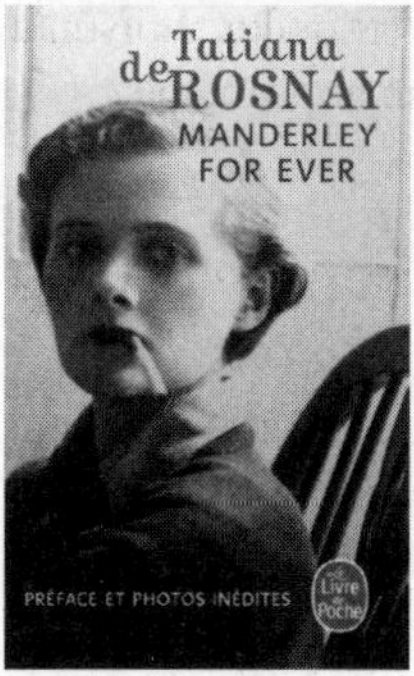

« Je l'ai décrite comme si je la filmais, caméra à l'épaule, afin que mes lecteurs comprennent d'emblée qui elle était. J'ai décrypté ses livres, sa voix, son regard, sa façon de marcher, son rire. J'ai écouté ses enfants, ses petits-enfants. Autour des maisons qu'elle aimait avec passion, j'ai dressé le portrait d'une écrivaine atypique et envoûtante, méprisée des critiques parce qu'elle vendait des millions de livres. Son univers macabre et fascinant a engendré une œuvre complexe, étonnamment noire, à l'opposé de l'étiquette “eau de rose” qui lui fut si injustement attribuée. Ce livre se lit comme un roman, mais je n’ai rien inventé. Tout y est vrai. C’est le roman d’une vie. » (Tatiana de Rosnay.) Une biographie passionnante de Daphné Du Maurier.

La Mémoire des murs n° 31905

Pour sa nouvelle vie de femme divorcée et sans enfants, Pascaline a trouvé l’appartement qu’elle voulait. Mais, contre toute attente, elle se sent mal dans ce deux-pièces pourtant calme et clair. Elle apprend qu’un drame y a eu lieu mais elle décide malgré tout de rester entre ces murs marqués par la tragédie, qui lentement la poussent à déterrer une ancienne douleur, qu’à quarante ans elle devra affronter.

Moka n° 31319

Une Mercedes couleur moka renverse Malcolm, 14 ans, avant de disparaître en trombe... Un enfant dans le coma, une famille qui se déchire et une mère qui ne renoncera jamais à découvrir la vérité. Qui s'est enfui en laissant son enfant sur la route ? Pleine de suspense, cette intrigue savamment menée nous fait découvrir un émouvant portrait de femme, digne de Daphné Du Maurier. Un roman fort et captivant.

Partition amoureuse n° 34017

« Quatre hommes, quatre notes. Toi un *do,* première note de la gamme comme alpha est la première lettre de l'alphabet. Manuel est un *sol* aux accents inquiétants, la dominante de la gamme de *do*. Pierre est un long *ré* tourmenté. Hadrien ne serait-il pas mon *la,* note de référence, celle dont un chef a besoin pour diriger

un orchestre, celle qu'il me faut désormais pour apprendre à diriger ma vie ? »
Margaux, célèbre chef d'orchestre, décide, à l'approche de ses 40 ans, d'inviter à dîner les hommes qui ont le plus compté pour elle. C'est l'occasion d'un bilan, le moment d'assumer les échecs du passé afin de mieux savourer ses bonheurs présents. Avec lucidité, Margaux dresse l'inventaire de sa vie amoureuse, comme elle le ferait sur une partition, chacun de ses amants apportant sa cadence.

Rose n° 32482

Paris sous le Second Empire. Les ambitieux travaux d'Haussmann détruisent des quartiers entiers, générant des milliers d'expropriations douloureuses. Loin du tumulte, Rose Bazelet mène une vie paisible, au rythme de sa lecture du *Petit Journal* et de ses promenades au Luxembourg. Jusqu'au jour où elle reçoit la fatidique lettre du préfet : sa maison, située sur le tracé du boulevard Saint-Germain, doit être démolie. Liée par une promesse faite à son mari, elle ne peut se résoudre à partir. Contre le baron, contre l'empereur, Rose va se battre pour sauver la demeure familiale qui renferme un secret jalousement gardé…

Sentinelle de la pluie n° 35290

Pour fêter l'anniversaire de Paul et leurs quarante ans de mariage, Lauren réunit la famille à Paris. Linden, le fils, est venu de San Francisco pour l'occasion, et Tilia, la fille, de Londres. Mais depuis plusieurs jours des pluies diluviennes s'abattent sur la ville, laissant présager le pire. Pourtant ce n'est pas la crue de la Seine qui menace le plus la famille Malegarde. Tandis qu'en miroir du fleuve les sentiments débordent, le drame monte en crescendo, démultipliant l'intensité des révélations.

Son carnet rouge n° 33614

Le fruit est-il plus savoureux lorsqu'il est défendu ? L'interdit est-il synonyme de plaisir ? De la duperie démasquée à la vengeance machiavélique, Tatiana de Rosnay revisite dans ces onze nouvelles les amours illégitimes et envisage tous les scénarios – tantôt tragiques, tantôt cocasses – avec une légèreté teintée de sarcasme, jusqu'à une chute souvent croustillante, parfois glaçante. Un jouissif « déshabillage » du délit conjugal, où le rire se mêle à la compassion et la transgression au désir.

Spirales n° 32873

Hélène, la cinquantaine paisible, mène une vie sans histoires auprès de son mari, de son fils, de sa fille et de ses petits-enfants. Hélène est une épouse modèle, une femme parfaite. Un jour d'été caniculaire à Paris, sur un coup de tête, elle cède aux avances d'un inconnu. L'adultère vire au cauchemar quand, au lit, l'amant sans nom meurt d'une crise cardiaque. Hélène s'enfuit, décidée à ne jamais en parler et, surtout, à tout oublier. Mais, dans son affolement, elle laisse son sac à main... avec ses papiers. Happée par une spirale infernale, Hélène ira très loin pour sauver les apparences. Très loin, mais jusqu'où ? Dans ce roman au suspense hitchcockien, Tatiana de Rosnay explore les arcanes de la bonne conscience et la frontière fragile entre le bien et le mal.

Le Voisin n° 32094

Un mari souvent absent. Un métier qui ne l'épanouit guère. Un quotidien banal. Colombe Barou est une femme sans histoires. Comment imaginer ce qui l'attend dans le charmant appartement où elle vient d'emménager ? À l'étage supérieur, un inconnu lui a déclaré la guerre. Seule l'épaisseur d'un plancher la sépare désormais de son pire ennemi… Quel prix est-elle prête à payer pour retrouver sommeil et sérénité ? Grâce à un scénario implacable, Tatiana de Rosnay installe une tension psychologique extrême. En situant le danger à notre porte, elle réveille nos terreurs intimes.

PAPIER CERTIFIÉ

Le Livre de Poche s'engage pour l'environnement en réduisant l'empreinte carbone de ses livres
Celle de cet exemplaire est de :
200 g éq. CO_2
Rendez-vous sur
www.livredepoche-durable.fr

Composition réalisée par PCA

Achevé d'imprimer en mai 2024 en Espagne par
LIBERDUPLEX
Dépôt légal 1re publication : juin 2024
LIBRAIRIE GÉNÉRALE FRANÇAISE
21, rue du Montparnasse – 75298 Paris Cedex 06

85/5379/2